Die Portugiesische Thronfolge bei Veranlassung der Thronbesteigung Sr. allergetreusten Majestät Dom Pedro's V., Königs von Portugal und Algarbien, Herzogs zu Sachsen

Anatiposi

Anonym

Die Portugiesische Thronfolge bei Veranlassung der Thronbesteigung Sr. allergetreusten Majestät Dom Pedro's V., Königs von Portugal und Algarbien, Herzogs zu Sachsen

Unveränderter Nachdruck der Originalausgabe von 1854.

1. Auflage 2023 | ISBN: 978-3-38203-550-1

Anatiposi Verlag ist ein Imprint der Outlook Verlagsgesellschaft mbH.

Verlag: Outlook Verlag GmbH, Zeilweg 44, 60439 Frankfurt, Deutschland
Vertretungsberechtigt: E. Roepke, Zeilweg 44, 60439 Frankfurt, Deutschland
Druck: Books on Demand GmbH, In de Tarpen 42, 22848 Norderstedt, Deutschland

Die

portugiesische Thronfolge

bei Veranlassung

der Thronbesteigung Sr. allergetreusten Majestät

Dom Pedro's V.,

Königs von Portugal und Algarbien, Herzogs zu Sachsen

geschichtlich und staatsrechtlich erörtert.

1854.

Einleitung.

Am 15. November 1853 verschied **Donna Maria da Gloria**, Königin von Portugal und Algarbien. Der plötzliche Tod einer hochverehrten und aufrichtig geliebten Herrscherin in der Blüthe ihrer Jahre, erfüllte das portugiesische Volk mit tiefer Trauer. Aber in greller Dissonanz mit dem Schmerz der Nation liefen zugleich durch alle Zeitungen dunkle Gerüchte, daß die Miguelisten den Tod der Königin benutzen wollten, um die angeblichen Rechte ihres Prätendenten auf die Krone von Portugal geltend zu machen. Man schrieb von zu erwartenden miguelistischen Schilderhebungen in Portugal, von lebhaften Umtrieben der miguelistischen Agenten an verschiedenen Höfen, von großen miguelistischen Anleihen, von einer ungewöhnlichen Thätigkeit in Langeselbold, der Residenz Dom Miguels, welche die Absicht einer positiven Einmischung in die Angelegenheiten Portugals nicht undeutlich verrieth.

Diese Pläne sind gescheitert an der treuen und festen Haltung des portugiesischen Volkes, an der warmen und aufrichtigen Anhänglichkeit an die Königin Maria da Gloria und ihren erlauchten Sohn, Dom Pedro V., dessen Succession auf den Thron von Portugal ohne die geringste Störung vor sich ging.

In der Person Dom Pedro's V. hat ein deutsches Fürstenhaus den portugiesischen Thron bestiegen — das erlauchte Haus Sachsen-Coburg-Gotha, dessen Prinzen von der Vorsehung berufen sind, drei europäische Königsthrone zu zieren.

Die Erhebung dieses hochherzigen Fürstenhauses auf den Thron von Portugal ist für uns Deutsche gewifs ein erfreuliches Ereignifs. Dennoch finden sich gerade in Deutschland hie und da Männer in einflufsreichen Kreisen, welche sich von dem Gedanken nicht losmachen können, dafs in der portugiesischen Thronfolge eine Verletzung der Legitimität vorliege, dafs ein ächter Royalist „auf das gute Recht Dom Miguels" ohne weiteres schwören müsse.

In der That ist es von dem Gesichtspunkt des deutschen Thronfolgerechts sehr auffallend, dafs die cognatische Linie des Hauses Sachsen-Coburg den Thron von Portugal besteigt, während der Mannsstamm des Hauses Braganza noch nicht erloschen ist.

Viele Staatsmänner und Juristen übertragen die Successionsgrundsätze des deutschen Fürstenrechts unwillkührlich auf die Staatssuccession eines fremden Reiches. Man begegnet so oft unter sonst staatsrechtlich gebildeten Männern der Ansicht, dafs die cognatische Thronfolge in den beiden Königreichen der pyrenäischen Halbinsel eine Neuerung, eine Erfindung einer modernen Constitution oder das Resultat einer einseitigen väterlichen Verfügung zu Gunsten einer Tochter sei. Diese Anwendung deutschrechtlicher Grundsätze auf die Thronfolge in Spanien und Portugal hat häufig eine schiefe Beurtheilung der in diesen Ländern stattfindenden Thronstreitigkeiten herbeigeführt und ist selbst in praktischer Beziehung von bedeutenden Folgen gewesen.

Dabei ist jedoch nicht aufser Acht zu lassen, dafs der streitige Punkt bei der Staatssuccession in Spanien ein anderer ist, wie in Portugal. In Spanien wird von der carlistischen Partei die cognatische Erbfolge bestritten und der Vorzug des Mannsstammes behauptet. Don Carlos beruft sich auf die Einführung der agnatischen Thronfolge durch das Auto-acordado Philipps V. [1]); in Portugal haben die Miguelisten die cognatische Thronfolge nie in Zweifel gezogen, sie greifen die Legitimität Maria's II. keineswegs deshalb an, weil diese als Prinzessin von ihrem Oheim Dom Miguel hätte ausgeschlossen werden müssen, sie richten ihre Deduktionen nicht unmittelbar gegen das Recht dieser Königin (wie die Carlisten gegen das Recht der Königin Isabella), sondern sie sprechen bereits dem Vater Donna Maria's II., Dom Pedro IV., die Successionsfähigkeit ab. Nach ihren Ansichten hat Dom Pedro IV. selbst nie ein Recht auf die portugiesische Krone gehabt und ein solches deshalb auch nicht auf seine Descendenz vererben können.

Der Verfasser dieser Abhandlung hat sich die Aufgabe gestellt, die über die portugiesische Thronfolge in Deutschland verbreiteten Irrthümer nach Kräften zu berichtigen. Eine geschichtliche Begründung ist für eine wissenschaftliche Besprechung dieses Gegenstandes unerläfslich.

---

[1]) Siehe die interessante und tiefeingehende Staatsschrift des Professors Heinrich Zöpfl über die spanische Successionsfrage. 1839.

Aufserdem bietet die Geschichte der portugiesischen Thronfolge vom rechtshistorischen Standpunkte deshalb schon an und für sich ein Interesse, weil sich in derselben manche altgermanische Rechtsgrundsätze in lebendiger Frische offenbaren. Die Unvollständigkeit des Materials, welches dem Verfasser zu Gebote stand, möge etwaige Lücken und Mängel der Darstellung entschuldigen.

Erstes Kapitel.

Die älteste Form der Thronfolge in den Reichen der pyrenäischen Halbinsel.

Die älteste Form der Staatssuccession in den auf germanischer Grundlage erwachsenen Königreichen ist die des erblichen Wahlreichs. Die Königsgewalt wird nicht nach einer strengen Erbfolgeordnung übertragen, sondern das Königsgeschlecht, das edelste unter den edeln, hat nur den durch uraltes Herkommen geheiligten Anspruch, daſs der König aus seiner Mitte genommen werden muſs. Das Wahlrecht ist nicht völlig aufgehoben, sondern nur an Ein Geschlecht gebunden [1]). Bei dem einen Volke ist bald das Princip der Erblichkeit, bei dem andern das der Wahl in den Vordergrund getreten oder ganz zum Sieg gekommen.

Bei den Westgothen, deren Geschichte uns hier ausschlieſslich interessirt, überwand das Wahlrecht des Volkes das Princip der Erblichkeit für eine Zeit lang völlig. Seit die Westgothen von den Ostgothen getrennt waren, hatten sie keine eigenen Könige, Richter standen dem Volke oder seinen einzelnen Abtheilungen vor, Athanarich, Fridigern u. A. Als aber die Westgothen sich zu neuen Heereszügen rüsteten und einer einheitlichen Regierung bedurften, wählten sie Alarich aus dem Geschlechte der Balthen zum Könige. Von dieser Zeit an blieb das Königthum unter ihnen bestehen. Das unruhige altheimischer Sitte entfremdete Volk hatte die Anhänglichkeit an ein bestimmtes Geschlecht abgestreift und übte sein Wahlrecht in sehr freier Weise [2]). Am

---

[1]) Siehe Hermann Schulze das Recht der Erstgeburt in den deutschen Fürstenhäusern §. 6. S. 15 ff. §. 7. S. 26 ff.

[2]) H. Schulze a. a. O. §. 9. S. 34.

1

längsten behauptete sich noch das Geschlecht Theoderichs I.: Thorismund, Theoderich II., Eurich, Alarich II., Gesalich gehörten zu diesem Hause. Seit dem Könige Theudes und der Verlegung des Reichsmittelpunkts nach Spanien wurde das Reich der Westgothen ein vollständiges Wahlreich, abhängig von den Grofsen und der Geistlichkeit. Jeder Freie, der sich durch Tapferkeit im Kriege, oder durch Verstand und Reichthum im Frieden Ansehen und Würde erworben hatte, konnte auf die Wahl Einflufs haben und selbst gewählt werden [1] Doch trat die Hinneigung zur Erbmonarchie, welche einmal im deutschen Charakter liegt, öfters in diesem Wahlreiche wieder hervor. Auf Leuwigild folgte sein Sohn Reccared, auf Chindaswinth sein Sohn Recesswinth.

Nach dem Tode Amalarichs (531) wurde die Königswahl auf völlig ungebundene Weise ausgeübt und die Folge davon war schrankenlose Anarchie. Erst als die katholische Kirche und somit der hohe Clerus einen gröfsern Einflufs auf die Staatsangelegenheiten erhielt, kam auch in die Königswahlen mehr Ordnung. Die Concilien der Geistlichkeit zu Toledo traten an die Stelle der früheren stürmischen Volksversammlungen. Schon versuchten die Könige wieder einen allmäligen Uebergang zur Erbmonarchie anzubahnen, indem sie bei ihren Lebzeiten einen ihrer Söhne mit der Zustimmung der Nation zum Nachfolger annahmen. Allein ehe sich daraus ein wirkliches Erbrecht entwickeln konnte, brach das Reich der Westgothen durch die unglückliche Schlacht bei Xeres de la Frontera (712) zusammen.

In dem gebirgigen Norden der Halbinsel fanden die Westgothen ein Asyl und bildeten unter dem tapfern Don Pelayo ein Königreich. Hier in den Gebirgen Asturiens machte man einen wichtigen Fortschritt zur Erbmonarchie. Man gab das in den letzten Jahrhunderten befolgte Princip des reinen Wahlreichs wieder auf und kehrte zu dem ältesten germanischen Princip des erblichen Wahlreichs zurück; von einer bestimmten Thronfolgeordnung ist noch nicht die Rede, aber das Volk hält sich mit seiner Wahl ausschliefslich an die Nachkommen des Don Pelayo. Innerhalb der Familie bestand über das Vorzugsrecht der Mitglieder

---

[1] Aschbach Geschichte der Westgothen S 258.

des königlichen Hauses noch keine Regel, selbst die Söhne des verstorbenen Königs wurden oft durch ein anderes mächtiges Familienglied, besonders den Vatersbruder, ausgeschlossen. Erst in der zweiten Hälfte des zehnten Jahrhunderts verwandelt sich das erbliche Wahlreich allmälig in ein wirkliches Erbreich, indem sogar unmündige Kinder kraft Erbrechts ihren Vätern in der Krone folgen. Seit dem Ende des zehnten und dem Anfang des elften Jahrhunderts kommt das Wahlrecht der Nation nicht mehr in Betracht. Das Königreich Asturien ist ein reines Erbreich geworden. In einem solchen ist aber eine Successionsordnung unbedingt nothwendig. Diese bildete sich auch sehr bald heraus und zwar in der Weise, dafs die Krone in gerader Linie forterbte, die Söhne schlossen dabei zwar die Töchter, aber die Töchter die Vatersbrüder und alle entferntern Agnaten aus. Dieses Successionsrecht der Töchter ist auf der ganzen pyrenäischen Halbinsel in allen jenen kleinen Königreichen, welche sich von der arabischen Herrschaft befreiten, ein feststehender Grundsatz der Thronfolge geworden. Sobald in Leon, Navarra und Aragonien das Wahlreich sich in ein Erbreich verwandelt hatte, galt auch diese cognatische Succession als unbestrittene Thronfolgeordnung. Das einzige Land, auf der ganzen pyrenäischen Halbinsel, wo rein agnatische Erbfolge galt, war die Grafschaft Barcelona. Aufserdem ist die cognatische Erbfolge dermafsen die Regel, dafs sie in allen ältern spanischen Rechtsquellen sogar als „sucession regular" bezeichnet wird. Diese Successionsordnung begünstigte eine Vereinigung der kleinen Königreiche durch Verheirathung von Erbtöchtern in hohem Grade und in Castilien gingen nach und nach die übrigen Reiche auf. In Castilien succedirten mehrfach Töchter, mit Ausschlufs der Vatersbrüder. So folgte z. B. Donna Uraca ihrem Vater Alphons VI., König von Castilien und Leon, im Jahre 1109, obgleich ihres Vaters Bruder, der berühmte Held Don Sancho noch lebte.

Die cognatische Successionsordnung wurde durch die ununterbrochene Beobachtung mehrerer Jahrhunderte geheiligt, sie war mit unauslöschlichen Zügen in das Rechtsbewufstsein aller Nationen der pyrenäischen Halbinsel eingegraben. Im Jahre 1260 wurden diese Grundsätze über die Thronfolge in das berühmte

Rechtsbuch Alphons' X. „de las Siete Partidas" aufgenommen
(Ley. 2. titulo 15. Partida 2.) und so zum geschriebenen Recht gemacht. Diese Bestimmungen sind seitdem als eine unverbrüchliche
Norm für die Erbfolge der spanischen Krone betrachtet und unter
allen Dynastien ohne Ausnahme befolgt worden. Die spätern
Schicksale der spanischen Staatssuccession, besonders der Versuch
Philipps V., die agnatische Succession einzuführen, interessiren uns
hier nicht weiter [1]). Eine Berücksichtigung der ältesten spanischen Successionsgrundsätze war deshalb nothwendig, weil die älteste portugiesische Staatsgeschichte mit der spanischen zusammen-
fällt und das spätere Königreich Portugal in der That nichts Anderes ist, als die selbstständig gewordene Abzweigung einer frühern
Provinz der Königreiche Leon und Castilien.

Zweites Kapitel.

Entstehung des Königreichs Portugal.

Alfons VI., König von Leon und Castilien, gab im Jahr 1095
seine Tochter Theresia dem Grafen Heinrich von Burgund, Enkel
Roberts I. Herzogs von Niederburgund, zur Gemahlin. Zur Mit-
gabe erhielt Graf Heinrich die Herrschaft und den Besitz des Landes zwischen dem Minho und Douro, das den Mauren entrissen
war und bereits den Namen Portugal führte [2]). Mit feinem histo-
rischem Takt hat Heinrich Schäfer in seiner Geschichte von
Portugal nachgewiesen, wie sich die Herren dieses Landes allmälig von ihrer Unterordnung unter Castilien emancipirt und sich zur
vollen Unabhängigkeit erhoben haben, wie sie aus erblichen Statt-
haltern allmälig gleichberechtigte Könige geworden sind.

Solange Affonso VI. lebte, stand Graf Heinrich in einem

---

1) Siehe Prof. Heinrich Zöpfl über die spanische Successionsfrage. Hei-
delberg 1839.

2) Siehe Paschalis Josephi Mellii Freirii historiae juris Lusitani liber sin-
gularis p. 35. Schäfer Geschichte von Portugal B. II. S. 25. sagt: „Den Ursprung des portugiesischen Staates veranlafste Graf Heinrich von Burgund, ohne
ihn hätte es wahrscheinlich nie ein Königreich Portugal gegeben."

Abhängigkeitsverhältnifs von ihm [1]), obgleich zur Bezeichnung seiner Herrschaft bereits Ausdrücke gebraucht werden, die eher auf die Stellung eines Souveräns, als eines Statthalters hinweisen. (Princeps und Princeps patriae Portugalensium, Princeps noster, Regnante Henrico u. s. w.) Thatsächlich unabhängig gestaltete sich die Herrschaft Heinrichs bereits mit dem Tode Affonso's VI. (1109). Ohne der castilianischen Königin, seiner Schwägerin Donna Uraca mit einem Worte zu gedenken, nannte sich Heinrich „von Gottes Gnaden Graf und Herr von Portugal". Nach dem Tode ihres Gemahls wufste Theresia die Unabhängigkeitsbestrebungen desselben mit Erfolg fortzusetzen; schon sie wurde von den Portugiesen „Königin" genannt. (Mortuo Enrico comite, Portugalenses vocaverunt cam *reginam*. Chronicon Alfonsi imper.) Nach castilianischer Sitte wurde die Königstochter allerdings als „Königin" bezeichnet; aber Theresia wufste diesem leeren Höflichkeitstitel bald eine praktische Bedeutung zu geben und nannte sich seit dem Tode ihres Gemahls geradezu „Königin von Portugal". So war Portugal zwar damals noch kein Königreich, aber, wie Schäfer treffend bemerkt, bereits das Reich einer Königin. Donna Theresia nahm nicht nur ihren Unterthanen, sondern auch dem Auslande gegenüber eine viel selbstständigere Stellung ein als ihr Gemahl und schlofs mit ihrer Stiefschwester der Königin von Castilien Verträge, wie eine vollkommen souveräne Monarchin.

Der Sohn Theresia's, Alfonso Henriques regierte seit 1128 unter dem Titel „Infant" (obtinuit ipse infans inclitus Domnus Alfonsus principatum et monarchiam regni Portugallensis. Chron. Lusit. aera 1166); er vertheidigte die Unabhängigkeit Portugals mit aller Kraft gegen Castilien und erweiterte sein Reich durch einen glorreichen Sieg über die Mauren bei Ourique (1139); auf dem Schlachtfelde selbst oder wenigstens bald nach dem Siege legte er sich den Königstitel bei und wird seitdem stets als König bezeichnet.

---

[1] Eine andere Ansicht vertreten viele ältere portugiesische Schriftsteller, auch der portugiesische Rechtshistoriker Mello Freire a. a. O. §. 36. S. 37.

Drittes Kapitel.
Die Cortes von Lamego.

Affonso I., der Eroberer suchte seine neue Königswürde auf eine doppelte Weise zu befestigen, einerseits indem er sich um die Anerkennung des Papstes bewarb, andrerseits indem er die Beistimmung der Nation zu seiner Erhebung zu erhalten suchte. Zu diesem Zwecke versammelte er im Jahr 1143 den Kern der Nation um sich und liefs sich die Königswürde noch einmal feierlich bestätigen. So gab er seiner Macht eine feste Grundlage und legte zugleich das erste Fundament zu einer geregelten Staatsverfassung. Die Versammlung der Cortes von Lamego bestand aus dem hohen Clerus, dem Adel und den Abgeordneten der Städte.

Die hierher gehörigen Worte der Lamegischen Urkunde lauten folgendermafsen [1]): ,, — — Et surrexit Laurentius Venegas procurator Regis, et dixit:

,,Congregavit vos Rex Alfonsus, quem vos fecistis in Campo Auriquio, ut videatis bonas litteras domini Papae, et dicatis si vultis quod sit ille Rex. Dixerunt omnes: Nos volumus quod sit Rex. Et dixit procurator: Quomodo erit Rex: ipse, et filii ejus, aut ipse solus Rex? Et dixerunt omnes: Ipse in quantum vivet, et filii ejus posteaquam non vixerit. Et dixit procurator: Si ita vultis, date illi insigne. Et dixerunt omnes: Demus in Dei nomine. Et surrexit Archiepiscopus Bracharensis, et tulit de manibus Abbatis de Laurbano coronam auream magnam, cum multis margaritis, quae fuerat de regibus Gottorum, et dederant Monasterio, et posuerunt illam Regi. Et dominus Rex cum spata nuda in manu sua, cum qua ivit in bello, dixit: Benedictus Deus qui me adjuvavit. Cum ista spata liberavi vos, et vici hostes nostros, et vos me fecistis Regem, et socium vestrum. Si quidem me fecistis, constituamus leges, per quas terra nostra sit in pace. Dixerunt omnes: volumus domine Rex, et placet nobis constituere

---

1) Abgedruckt in lateinischer Sprache bei Schmaufs Corpus juris gentium I. S. 4 — 7. und bei Rousset Supplement au Corps diplomatique vol. I. S. 37. in französischer Sprache.

leges, quas vobis bene visum fuerit, et nos sumus omnes cum filiis, filiabus, neptibus et nepotibus, ad vestrum mandare. Vocavit citius dominus Rex Episcopos, viros nobiles, et procuratores, et dixerunt inter se: Faciamus in principio leges de haereditate Regni; et fecerunt istas sequentes.“

Hatte man einmal das Princip der **Erbmonarchie** unter allgemeiner Zustimmung anerkannt, so kam es nun vor allem darauf an, die **Thronfolgeordnung** grundgesetzlich zu regeln. Ein Gesetz hierüber war das erste Bedürfnifs der ganzen Staatsordnung. Die Gesetze, die in Lamego berathen und beschlossen wurden, betrafen drei Punkte: die **Thronfolge**, den **Adel** und die **Rechtspflege**. Wir beschränken uns auf die Betrachtung des ersten Punktes, der Bestimmungen über die Thronfolge; sie lauten folgendermafsen:

„Vivat dominus Rex Alfonsus et habeat Regnum. Si habuerit filios varones, vivant, et habeant Regnum, ita ut non sit necesse facere illos de novo Reges. Ibunt de isto modo. Pater, si habuerit Regnum, cum fuerit mortuus, filius habeat, postea nepos, postea filius nepotis, et postea filius filiorum in saecula saeculorum per semper.

„Si fuerit mortuus primus filius, vivente Rege patre, secundus erit Rex, si secundus tertius, si tertius quartus, et deinde omnes per istum modum.

„Si mortuus sit Rex sine filiis, si habeat fratrem, sit Rex in vita ejus: et cum fuerit mortuus, non erit Rex filius ejus, si non fecerint cum Episcopi, et procurantes, et nobiles curiae Regis; si fecerint Regem, erit Rex, si non fecerint, non erit Rex.

„Dixit postea Laurentius Venegas, procurator domini Regis ad procurantes. Dixit Rex: si vultis quod intrent filiae ejus in haereditatibus regnandi, et si vultis facere leges de illis? Et posteaquam altercaverunt per multas horas, dixerunt: Etiam filiae domini Regis sunt de lumbis ejus, et volumus eas intrare in Regno, et quod fiant leges super istud. Et Episcopi et nobiles fecerunt leges, de isto modo.

„Si Rex Portugalliae non habuerit masculum, et habuerit filiam, ista erit Regina, postquam Rex fuit mortuus de isto modo: *Non accipiet virum nisi de Portugal*, nobilis, et talis non vo-

cabitur Rex, nisi postquam habuerit de Regina filium varonem, et
quando fuerit in congregatione maritus Reginae, ibit in manu manca,
et maritus non ponet in capite coronam Regni.

„Sit ista lex in sempeternum, quod prima filia Regis accipiat
maritum de Portugallia, *ut non veniat Regnum ad estraneos, et
si casaverit cum Principe estraneo*, non sit Regina; quia nunquam volumus nostrum Regnum ire for de Portugalensibus, qui nos
sua fortitudine Reges fecerunt sine adjutorio alieno per suam fortitudinem et cum sanguine suo.

„Istae sunt leges de haereditate Regni nostri; et legit eas Al-
bertus Cancellarius domini Regis ad omnes, et dixerunt: Bonae
sunt, justae sunt, volumus eas per nos, et per semen nostrum
post nos.“

Die Gesetze von Lamego sind nicht nur das älteste, ehrwür-
digste Grundgesetz des portugiesischen Reiches; sie bieten auch ein
so allgemeines rechtshistorisches Interesse, dafs wir auf ihre Betrachtung näher eingehen müssen.

In den Gesetzen von Lamego spiegelt sich der ganze Geist
jener rauhen, aber ritterlichen und thatkräftigen Zeit auf das klarste wieder. Es ist ein lebendiges dramatisches Gemälde — jene
Erhebung des ersten Königs von Portugal auf den Thron durch seine
tapfern Waffengefährten. Aehnlich wie zur Zeit der Völkerwan-
derung die germanischen Stämme einen tapfern Gefolgsherrn aus
edlem Geschlecht zu ihrem König auf dem Schild erhoben, steigt
Affonso der Eroberer auf den neugegründeten Thron unter dem
Zuruf und Waffengeklirr seiner Kampfgenossen, die sich wohl
bewufst sind, dafs sie diesen Thron durch ihr Blut und ihre Tapferkeit gegründet haben.

Eine tiefere rechtsgeschichtliche Auffassung dieses ganzen Ak-
tes wird nur dann möglich, wenn wir erwägen, dafs das neuge-
gründete Reich Portugal eine territoriale Abzweigung des Reiches Castilien ist und dafs wir uns somit auf westgothischem
Rechtsboden befinden. Es ist erklärlich, dafs in einem solchen
sich lostrennenden Filialreich die Rechtsgrundsätze des Mutterreichs
mafsgebend einwirken. Wie oben gezeigt, ist Castilien in dieser
Zeit bereits ein Erbreich; es ist daher sehr natürlich, dafs sich
auch das Rechtsbewufstsein der portugiesischen Stände entschieden

für die Erbmonarchie ausspricht. Auch für die Thronfolgeordnung dient das castilianische Recht zum Vorbild; nicht als ob man sich absichtlich dasselbe zum Vorbild genommen habe, sondern weil dasselbe die ganze Rechtsauffassung jener Männer unwillkührlich durchdringt.

Merkwürdig ist, was über die Festsetzung der Erbfolge der königlichen Töchter erzählt wird.

Die Stände des Reichs stritten viele Stunden lang, ob sie dieselbe gestatten sollten? Wahrscheinlich mochte es jenen kriegsgewohnten Männern bedenklich vorkommen, die Herrschaft über ein durch Eroberung gegründetes, von mächtigen Feinden umlauertes Reich der schwachen Hand einer Frau anzuvertrauen. Aber ihre angeborene Rechtsanschauung war stärker, als ihre politischen Bedenken; sie entschieden sich für die Erbfolge der Töchter und zwar aus dem charakteristischen Grunde, ,,weil auch sie aus den Lenden des Königs, unsers Herrn, hervorgegangen sind''.

Wir sehen hier recht deutlich, wie die Anschauung des speciellen Volksrechts auf die Bestimmung der Thronfolgeordnung einwirkte. Wären die zu Lamego versammelten Grofsen fränkischen Stammes gewesen, so wäre eine derartige Anerkennung der Rechte der königlichen Töchter undenkbar. Wie hätten Franken, welche die Töchter selbst von privatrechtlichem Grundbesitz ausschlossen, aus Rechtsgefühl ein Thronfolgerecht für die königlichen Töchter annehmen können? Aber wir stehen hier auf westgothischem Rechtsboden. Mello Freire in seiner, freilich nur äufsern, portugiesischen Rechtsgeschichte weist nach, dafs in dem heutigen Portugal seit dessen Einverleibung in das westgothische Reich nur westgothisches Recht galt, dafs besonders seit Receswinth (650) das westgothische Gesetzbuch zum einzig geltenden Recht erhoben wurde, dafs dasselbe für die christliche Bevölkerung auch unter der Maurenherrschaft seine Gültigkeit nicht verlor, und dafs die christlichen Könige von Leon und Castilien, welche sich als Nachfolger der westgothischen Herrscher betrachteten, die westgothischen Gesetze fortwährend als Hauptrechtsquelle ansahen.

Das westgothische Recht ist unter allen germanischen Volks-

rechten das günstigste für die Töchter. Bei der bürgerlichen
Erbfolge theilen Söhne und Töchter, Brüder und Schwestern die
ganze Erbschaft, Fahrnifs sowohl wie Liegenschaften, zu völlig
gleichen Theilen, ohne allen Vorzug des Mannsstammes [1]). Entferntere Agnaten, z. B. Vatersbrüder, werden den
Töchtern nie vorgezogen. Der Grund, welchen das westgothische
Recht für die Gleichstellung der Frauen mit den Männern anführt,
ruht auf einer völlig naturrechtlichen Anschauung: ,,Nam justum
omnino est ut quos propinquitas naturae consociat, *hereditariae
successionis ordo non dividat.*" Stimmt dieser Grund nicht, der
Sache nach, mit dem völlig überein, welchen die portugiesischen
Grofsen zu Lamego für die Thronfolge der Töchter anführen
(,,Etiam filiae domini Regis sunt de lumbis ejus")?

Aufser der Einwirkung der allgemeinen westgothischen Rechtsanschauung dürfte vielleicht, als ein bestimmendes Moment für die
Annahme der cognatischen Thronfolge in Portugal der Umstand
mit in Anschlag kommen, dafs das Land Portugal selbst in seiner
Entstehung gewissermafsen einen weiblichen Ursprung hatte,
indem es der castilianischen Königstochter Theresia als Mitgift gegeben, und somit als eine Art Paragium für eine Prinzessin con-
stituirt wurde.

Auffallend könnte nur der Artikel der Gesetze von Lamego
erscheinen, welcher sagt:

,,Si mortuus sit rex sine filiis, si habeat fratrem, sit rex
in vita ejus."

Würde man den Artikel allein für sich haben, so könnte man
wohl dafür halten, dafs allerdings der Bruder eines Königs dessen
Tochter in der Erbfolge vorgezogen werden müsse, weil daselbst
nur von einem ohne Söhne (sine filiis) verstorbenen Könige die
Rede ist, in welchem Fall dessen Bruder im Reiche nachfolgen
soll. Allein dieser Artikel ist nur im Zusammenhang mit dem
ganzen Inhalt und der Entstehungsgeschichte der lamegischen Gesetze zu verstehen. Erst nachdem das Nöthige über die Erbfolge
des Mannsstammes festgestellt worden ist, fordert der König

---

1) L. Wisigothorum IV, 2, 1: ,,Si pater vel mater intestati decesserint,
tunc sorores cum fratribus in *omni* parentum facultate, absque alio objectu,
aequali divisione succedant"

die Reichsstände zur Beschlußnahme über die Thronfolge seiner weiblichen Nachkommen auf. Diese wird ihm auch von den Reichsständen bewilligt und dadurch nachträglich eine Einschränkung des im obigen Artikel verordneten Erbfolgerechts der Brüder des Königs gemacht, die erst dann stattfinden soll, wenn der König überhaupt keine Nachkommen hinterläßt.

So ruht das Thronfolgerecht der Töchter in Portugal nicht (wie man in Deutschland so häufig wähnt) auf dem Paragraphen einer modernen Constitution oder einer einseitigen königlichen Verfügung, sondern auf dem tiefsten Rechtsbewußtsein der ganzen Nation, auf dem ältesten und ehrwürdigsten Gesetze Portugals; ja die cognatische Thronfolge, mit Vorzug der Tochter vor des Vaters Bruder, ist so alt wie das Reich selbst.

Während die portugiesischen Stände so das Thronfolgerecht der Töchter anerkannten, suchten sie sich durch andere Bestimmungen gegen die Nachtheile der weiblichen Erbfolge zu sichern.

Der größte Nachtheil der weiblichen Erbfolge lag den Portugiesen damals klar vor Augen; er bestand in der leicht eintretenden Möglichkeit einer Verschmelzung mit andern Reichen. Waren nicht viele kleine Königreiche Spaniens schon damals durch Verheirathung zusammengebracht und mit Castilien verschmolzen worden? Den Portugiesen war ihre kaum errungene Selbstständigkeit zu theuer, um sie einer solchen Gefahr preiszugeben; sie fügten daher der Bestimmung über die Erbfolge der Töchter die Bedingung bei, daß eine Königstochter nur dann Königin werden sollte, wenn sie einen eingebornen Edeln zum Gemahl nähme, während sie durch Verheirathung mit einem Fremden des Thronfolgerechts für immer verlustig gehen sollte. Durch diese Clausel wurde Portugal im Jahre 1385 vor einer sehr gefährlichen Verbindung mit der Krone Castilien bewahrt.

Eine andere Bestimmung der lamegischen Gesetze ist eine merkwürdige Reminiscenz an das altgermanische Wahlrecht des Volkes. In der absteigenden Linie ist zwar das Wahlrecht gänzlich abgeschafft, die Descendenten eines Königs erwerben unmittelbar durch ihre Geburt ein Successionsrecht und steigen ipso jure, ohne jeden weitern Wahlakt, auf den Thron, in der Seitenlinie haben ein durch die Geburt erworbenes Successionsrecht noch die

Brüder des verstorbenen Königs. Aber weiter reicht die Kraft des
Erbrechts nicht; der Brüder Söhne werden keineswegs ipso jure
wieder Könige, es muſs ein neuer Wahlakt stattfinden. So bricht
in diesem einzelnen Falle der Grundsatz des erblichen Wahlreichs
wieder lebendig durch, obgleich im allgemeinen das Erbrecht den
Sieg davon getragen hat.

Schlieſslich ist noch zu bemerken, daſs die Portugiesen keine
ganz unumstöſslichen Beweise für die Echtheit der Urkunde haben,
welche die Verhandlungen der Cortes von Lamego enthält [1]). Aber
die darin enthaltenen Bestimmungen wurden von jeher, unter voller Uebereinstimmung der Nation, zu allen Zeiten und unter den
verschiedensten Umständen als Staatsgrundgesetze angesehen.
Wollte man selbst Zweifel gegen die Authenticität der Urkunde
aufkommen lassen, so würde dies doch materiell gleichgültig sein,
da alle andern geschichtlichen Documente, besonders die Testamente der ältesten Könige von Portugal ganz dieselben Grundsätze
über die Erbfolge aussprechen, wie die Cortes von Lamego. Dies
nachzuweisen ist die Aufgabe des folgenden Kapitels.

Viertes Kapitel.

Die Staatssuccession unter der ersten Dynastie (den ächten Burgunden).

Die Gesetze von Lamego sind unter allen drei Dynastien maſs-
gebende Norm für die Staatssuccession geblieben; die in denselben
enthaltenen Grundsätze werden bisweilen zwar verschieden ausge-
legt, die Gültigkeit der Gesetze selbst aber nie bezweifelt. Der
tiefe Kenner des portugiesischen Rechtes, Joseph de Mello Freire,
charakterisirt die Bedeutung der lamegischen Gesetze für die Thronfolge folgendermaſsen: ,,Ex Lamaecensi lege tota fere quanta est
de Regni successione quaestio pendet, cui omnino conjungendae
Regni traditiones et usus et Regum quoque testamenta, quamvis
haec non eadem, sed multo minore auctoritate valeant, cetera quae

---

1) Siehe Schäfer Geschichte von Portugal I. S. 53.

huc facere videntur."[1]) Die ganze Tradition des Königreichs, das Gewohnheitsrecht und die Testamente der Könige enthalten nur die immer wiederholte Bestätigung der in jenem Grundgesetz enthaltenen Successionsprincipien. Weisen wir dies zunächst für die erste Dynastie nach.

Affonso I. Henriques (1128—1185), der erste König von Portugal, unter welchem die Cortes von Lamego gehalten wurden, hinterließ zwar ein Codicill, dasselbe enthält aber keine Verfügung über die Thronfolge.

Sancho I. (1185—1211) folgte seinem Vater Affonso als ältester überlebender Sohn; von Sancho I. rührt das älteste noch vorhandene Testament her, er verfügte in demselben, daß sein ältester Sohn sein Nachfolger im Reich sein sollte:

„Imprimis mando ut filius meus Rex Donnus Alfonsus habeat regnum meum."[2])

Auf Sancho I. folgte sein erstgeborener Sohn Affonso II. (1211—1223). Das Testament dieses Königs ordnet, ganz im Einklang mit den lamegischen Gesetzen, die Erbfolge der Söhne nach dem Rechte der Erstgeburt an; in Ermangelung von Söhnen sollen die Töchter zur Succession berufen sein. Die hier einschlagenden Worte des Testaments lauten:

„Imprimis mando quod filius meus Infans D. Sancius, quem habeo de Regina D. Urraca, habeat regnum integre et in pace. Et si iste mortuus fuerit sine semine legitimo, major filius, quemcunque habuero de Regina D. Urraca, habeat Regnum meum integre et in pace. Et si filium masculum non habuero de Regina D. Urraca, filia mea Infans D. Lianor, quam de ipsa Regina habeo, habeat regnum."

Auf Affonso II. folgte sein erstgeborner Sohn Sancho II. (1223—1245). Sancho II. war kinderlos. Nach den Reichsgesetzen war daher sein ältester Bruder der nächste Erbe. In der päpstlichen Bulle, in welcher Sancho II. der Regierung entsetzt und sein Bruder Affonso III. zum Regenten bestimmt wurde, ward ausdrücklich das Successionsrecht des letztern anerkannt:

---

1) Institutiones juris civilis Lusit. Lib. III. tit. 9. §. 3.
2) Mém. de l'Acad. Tom. VII. p. 364.

,,qui eidem regi, si absque legitimo decederet filio, *jure Regni*
succederet.‘‘

Sancho II. selbst konnte nicht umhin, das Successionsrecht seines ältesten Bruders anzuerkennen; schon in seinem ersten Testamente, von dem wir die Zeit der Abfassung nicht kennen, ernannte
er ihn in Ermangelung legitimer Descendenz zu seinem Nachfolger:

,,Et si filium legitimum vel filiam legitimam non habuero,
mando quod frater meus Infans D. Alphonsus habeat meum Regnum
integre et in pace.‘‘

Ausführlicher ist sein späteres Testament, worin die Grundsätze der lamegischen Gesetze aufs klarste bestätigt werden:

,,Imprimis mando, quod si ego habuero filios de muliere legitima, major eorum habeat meum Regnum integre et in pace. Et
si filios masculos non habuero de muliere legitima et habuero inde
filias, major earum habeat meum regnum integre et in pace. Et
si filium legitimum vel filiam legitimam non habuero, mando quod
Frater meus D. Alfonsus habeat meum regnum integre et in pace;
et si ipse mortuus fuerit sine filio legitimo vel sine filia legitima,
mando quod Frater meus Infans D. Fernandus habeat meum Regnum integre et in pace; et si ipse mortuus fuerit sine filio legitimo
vel sine filia legitima, mando quod Soror mea Infans D. Lianor habeat meum Regnum integre et in pace.‘‘

Da Sancho II. kinderlos blieb, folgte ihm in der That sein ältester Bruder Affonso III. (sogar ohne seinen Tod abzuwarten).

Niemand konnte Affonso’s Successionsrecht bestreiten, dasselbe war aber, nach der ausdrücklichen Bestimmung der Gesetze
von Lamego, nur ein persönliches; Affonso’s Descendenz konnte
gesetzlich nur durch eine Neuwahl der Stände auf den Thron
kommen. Die Erbfolge hätte somit unter den Söhnen Affonso’s
zweifelhaft werden können, da hier das Recht der Erstgeburt nicht
den Ausschlag gab. Um solchen Zweifeln vorzubeugen, bezeich-
nete Affonso III. schon bei seinen Lebzeiten seinen ältesten Sohn
Diniz als Thronfolger ,,filius primogenitus et haeres‘‘ und liefs
ihm als solchem besondere Ehrenbezeigungen erweisen. Nach dem
Tode des Königs wurde auch dem erstgebornen Prinzen sogleich
mit den gewöhnlichen Feierlichkeiten gehuldigt. Viele Publicisten
behaupten jedoch mit der gröfsten Bestimmtheit, dafs Affonso III.,

als er seinem Bruder succedirte, der Stände Einwilligung auf einem allgemeinen Reichstage zu der Succession seines Sohnes Diniz verlangt und erhalten habe [1]).

In seinem Testamente verordnet Affonso III. die Succession seines Erstgeborenen mit folgenden Worten:

,,Mando Regna mea scilicet Portugaliae et Algarbii Dono Dionysio meo filio, quod habeat illa post mortem meam.‘‘

Die folgenden Könige der ersten Dynastie hatten immer ihre ältesten Söhne zu Nachfolgern, welche sie regelmäfsig in ihren Testamenten zu Thronfolgern ernannten.

Auf Diniz folgte sein erstgeborner Sohn Affonso IV. (1325—1357); auf Affonso IV. sein ältester überlebender Sohn Pedro I. (1357—1367); auf Pedro I. abermals sein ältester überlebender Sohn Fernando (1367—1385). Dieser hinterliefs eine Tochter Beatriz, welche ihm aus näher zu erörternden Gründen nicht succedirte. Mit Fernando erlosch der Stamm der ächten Descendenten des Grafen Heinrich von Burgund.

Fünftes Kapitel.

Die Staatssuccession unter der zweiten Dynastie (den falschen Burgunden).

König Fernando hatte seine Tochter Beatriz mit Juan I. König von Castilien vermählt. Nach den Ehepakten sollte die Infantin Beatriz, wenn der König Fernando keinen Sohn erhielte, nach des Vaters Tode die portugiesische Krone erben und ihr Gemahl den Titel eines Königs von Portugal annehmen. Dem Sohne oder der Tochter, von König Juan mit Beatriz erzeugt, sollte die Thronfolge gebühren. Sollte aber Fernando wie seine Tochter Beatriz aller legitimen Nachkommen ermangeln, dann sollte das Königreich Portugal an Juan von Castilien fallen, wie in einem gleichen Fall das Königreich Castilien an König Fernando [2]).

---

1) Schmaufs Einleitung zum Begriff des Staats von Portugal II. S. 243.
2) Sousa Provas T. I. p. 296. Schäfer u. a. O. I. S. 485.

Nach dem Tode des Königs Fernando erhob der König von Castilien Successionsansprüche und suchte dieselben sogar mit Waffengewalt durchzusetzen. Gegen eine derartige Vereinigung mit der Krone von Castilien sprach sich aber das portugiesische Nationalgefühl lebhaft aus und das Volk erhob sich zur Vertheidigung seiner Unabhängigkeit. Castilien konnte seine Ansprüche nicht durchsetzen, die Cortes erklärten den Thron für erledigt und wählten den Ordensmeister von Avis, João, einen Bastard Pedro's I., zum König. Ein berühmter Jurist, ein Schüler des Bartolus und Baldus, das Orakel der Rechtskunde in Portugal, João das Regrãs, führte die Berechtigung der Cortes zu einer solchen Neuwahl aus, indem er zeigte:

1) daſs Beatriz auf den Thron nicht folgen könne, weil sie keine rechtmäſsige Tochter des Fernando, vielmehr von ihm im Ehebruch gezeugt sei, indem ihre Mutter Leonore zur Zeit ihrer Geburt mit ihrem ersten Gemahl de jure noch vermählt gewesen sei;

2) daſs dieselbe ferner nach dem lamegischen Gesetze jedenfalls durch ihre Verheirathung mit einem fremden Souverain successionsunfähig geworden sei;

3) daſs, wenn auch gleich Beatriz und ihre künftigen Kinder rechte Erben der Krone Portugal wären, so hätte doch ihr Gemahl, der König von Castilien, nichts zu prätendiren; er habe vielmehr den Ehepakten geradezu zuwider gehandelt, indem er nicht erwartet, bis er einen Sohn mit Beatriz erzeugt, sondern Portugal mit Gewalt der Waffen angegriffen, ehe er noch ein Recht darauf gehabt habe.

Der letzte König hatte aber noch zwei Stiefbrüder hinterlassen, Söhne Pedro's I. und der Ignez de Castro, die Infanten João und Diniz. In Ermangelung successionsfähiger Nachkommenschaft wären diese die rechten Erben gewesen. Deren Ansprüche entkräftete der gelehrte Jurist durch den Nachweis, daſs ihre Eltern niemals eine rechtmäſsige Ehe geschlossen hätten, noch wegen zu naher Verwandtschaft hätten schlieſsen können, daſs João und Diniz nicht allein kein Erbrecht auf den Thron, sondern nicht einmal auf das väterliche Vermögen hätten. Somit sei in Ermangelung

successionsfähiger Erben der Thron erledigt und die Stände berechtigt, eine Neuwahl vorzunehmen.

Der portugiesische Jurist Sousa de Macedo sucht in seiner
Staatsschrift „Lusitania liberata“ die volle Rechtmäfsigkeit dieses
Wahlakts darzuthun und dies besonders durch den Beweis zu begründen, dafs durch den Tod Fernando's der Thron erledigt worden sei [1]). Soviel steht fest, dafs João I. sich die allgemeine Anerkennung, endlich selbst von Seite Castiliens, zu verschaffen
wufste und als Gründer einer neuen portugiesischen Dynastie angesehen wurde. Nie hat er ein Erbrecht in Anspruch genommen, sondern als der Erste seines Stammes gründete er
sein Recht nur auf die Wahl der Cortes.

Sousa de Macedo fafst die rechtliche Stellung dieser neuen
Dynastie in folgenden Worten treffend zusammen:

„Series regni primi Alfonsi et tertii expiravit in Rege Ferdi-
nando, per cujus obitum vacasse coronam fuit judicatum ideoque
noviter electus Johannes, *in quo licet antiquum regnum conti-
nuatum fuerit cum antiquis legibus et qualitatibus, nova tamen
incepit successio in nova linea.*“ [2])

Obwohl mit João I. eine neue Dynastie beginnt, so gelten
doch unter ihr dieselben Successionsgrundsätze unverändert fort;
denn sie ruhen auf Reichsgrundgesetzen und sind von der Existenz
einer bestimmten Dynastie unabhängig. Merkwürdig ist das Testament João's I., weil in demselben der Grundsatz des Repräsen-
tationsrechts der Linien mit voller Klarheit ausgesprochen ist:

„Item fazemos noso Testamenteiro et compridor de todalas

----

1) In derselben Weise begründet Joseph de Mello Freire in seiner Geschichte des portugiesischen Rechts die Rechtmäfsigkeit der Wahl João's I.:
„Comitiis Conimbricensibus Joannes Avisiensis magister fuit jure meritoque electus: quia scilicet Ferdinandus rex sine liberis et cognatis, qui ei possent suc-
cedere, diem obivit suum. Nam Beatrix illius filia, cum uxor Castellae regis
esset, ipsa lege regni fundamentali excludebatur. Johannes et Dionysius, vel
ut nothi Petri filii ex Agnete a Castro suscepti vel ut perduelles, qui cum
Joanne Castellae rege et ejus parente Henrico non semel in Portugalliae fines
populabundi excurrerant, non poterant ejus regni, quod tot damnis comple-
verant, successionem adipisci. *Vacuum igitur regnum erat*“ etc.

2) Sousa de Macedo Lusitania liberata n. 28. p. 225.

causas, que aqui em este. Testamento mandamos et establecemos,
o Infante Duarte meu filho primogenito et herdeiro, que prazendo
a Deos despois de nossos Dias ha de ficar por Rey y Senhor destes
Reynos et Senhorios; ou seu filho ou neto lidimo descendente per
linha direita, segundo se requere per direito et costume em soccessam
desto, Reinos et senhorios; ou algum de meus filhos per sua
direita ordenança: s. primeiramente o Infante Dom Pedro, et despois
de sua morte seu filho ou neto na maneira dita.''

Auf die glorreiche Regierung João's I. (1385—1433) folgte
sein ältester überlebender Sohn D u a r t e (1433 — 1438); auf
Duarte folgte dessen Erstgeborner Affonso V. (1438—1481); auf
Affonso V. abermals sein ältester überlebender Sohn João II. (1481
—1495), welcher ohne Hinterlassung legitimer Erben starb. Es
wurde somit eine Erbfolge in der S e i t e n l i n i e nothwendig. Da
der König João II. nach dem Tode seines Sohnes Affonso weder
eheliche Descendenten noch Geschwister hatte, so hätte nach seinem
Tode abermals eine Wahl durch die Cortes eintreten müssen,
da entferntere Seitenverwandte grundgesetzlich nur durch die Wahl
der Stände auf den Thron gelangen konnten. Daher konnte der
König João II., nach dem Tode seines einzigen legitimen Sohnes,
eine Zeitlang daran denken, seinem Bastard, dem Senhor Dom
Jorge, die Thronfolge zu bestimmen; vor seinem Tode änderte er
jedoch seinen Entschluss und setzte seinen Vetter Dom Manuel zu
seinem Erben und Nachfolger in seinem Testamente ein [1]).

Nach den Gesetzen von Lamego hätte Dom Manuel, welcher
weder Descendent, noch Bruder des Königs, sondern nur
dessen Vetter war, nicht durch blofsen Anfall der Krone, sondern
nur durch Wahl König werden können. Allein das Erbrecht in
der königlichen Familie war bereits so erstarkt, dass jenes den
Ständen vorbehaltene Wahlrecht sehr in den Hintergrund trat und
Dom Manuel ohne vorhergegangene Wahl den Thron bestieg; aber
alsbald wurde ein Reichstag nach Montemajor ausgeschrieben, wo
ihn die Stände als König bestätigten. Auf Manuel den Grofsen,
unter welchem Portugal seine glorreichste Zeit erlebte, folgte sein

---

1) Osorius de rebus gestis Emanuelis L. I. p. 3. setzt hinzu: „Georgius
namque Johannis filius, propterea quod nothus esset, quamvis illius mater
fuisset valde nobilis, legibus et institutis regni haeres esse non poterat.''

Sohn João III., welcher eine zahlreiche Nachkommenschaft vor sich dahinsterben sah. Ihm succedirte sein Enkel Dom Sebastian (1557 — 1578). Dom Sebastian starb unvermählt und kinderlos.

Da Sebastian auch keine Geschwister hatte, so hätte nach der Bestimmung des lamegischen Gesetzes abermals eine Wahl der Stände eintreten müssen. Diese Bestimmung war aber so obsolet geworden, dafs der Letzte, der noch männlicher Seits von dem königlichen Stamme übrig war, der Grofsonkel des letzten Königs, der Cardinal-Infant Henrique, succedirte, ohne dafs eine Wahl der Stände vorhergegangen oder eine Bestätigung nachgefolgt wäre. Als man den greisen und kinderlosen Cardinal auf den Thron steigen sah, überliefsen sich alle Staatsmänner und Fürsten Europa's der ernsten Betrachtung, dafs die Thronfolge in diesem Staate einst die öffentliche Ruhe stören werde [1]). So geschah es auch wirklich. Von allen Seiten tauchten Bewerber auf, welche Ansprüche auf die Krone machten, deren Erledigung so bald in Aussicht stand.

Sechstes Kapitel.
Die Thronstreitigkeiten unter der Regierung und nach dem Tode des Königs Henrique und die spanische Zwischenherrschaft [2]).

Während der ganzen Regierungszeit des Königs Henrique beschäftigte die Successionsfrage alle Gemüther in Portugal; die Prätendenten regten sich von allen Seiten und suchten ihre ausschliefslichen Rechte auf die Krone durch Staatsschriften darzuthun.

---

1) Schäfer B. III. S. 392.

2) Ueber die Ansprüche der verschiedenen Prätendenten handeln insbesondere: a) Joannes Caramuel Lobkowitz Philippus prudens Caroli V. Imperatoris filius, Lusitaniae, Algarbiae, Indiae, Brasiliae legitimus Rex demonstratus. Antwerpiae 1639 in Fol. — b) Antonii de Sousa de Macedo Lusitania liberata ab injusto Castellanorum dominio, restituta legitimo Principi Serenissimo Joanni IV. Lusitaniae Regi, demonstrata summo Pontifici, Imperio, Regibus, Rebuspublicis ceterisque Orbis Christiani Principibus. Londini 1645 in folio. (Die ausführlichste Staatsschrift für das Haus Braganza.) — c) Henrici Cocceji dissertationes de justitia belli et pacis in statu Regni Portugallici fundata.

Wir führen hier kurz die Namen der Prätendenten und ihre vermeintlichen Ansprüche an.

1) **Antonio** Prior de Crato war ein unehelicher Sohn des Herzogs von Beja, und somit ein Enkel Manuels. Indem er wohl wufste, dafs in Portugal kein uneheliches Kind kraft Erbrechts succediren könne, behauptete er, sein Vater habe mit seiner Mutter in einer heimlichen, aber rechtmäfsigen Ehe gelebt, er sei somit als ehelicher Sohn der nächste Erbe der Krone. Die Behauptung, dafs seine Eltern in rechtmäfsiger Ehe gelebt hätten, konnte er nicht beweisen, da dieser Behauptung unwiderlegliche Thatsachen entgegenstanden [1]).

2) Der mächtigste Prätendent war **Philipp II.** von Spanien; er gründete sein Recht darauf, dafs er der ältesten Tochter des Königs Manuel männlicher Erbe sei und also praerogativam aetatis et sexus für sich habe. Die ersten spanischen Juristen arbeiteten für ihn Rechtsdeduktionen aus, unter ihnen der berühmte **Molina** [2]).

Heidelbergae 1687. Johann Jacob Schmaufs Einleitung zum Begriff des Staats von Portugal B. I. S. 507 ff.

Manuel, König von Portugal.

João III., König von Portugal.	Isabel, Gem. Kaiser Karls V.	Beatriz, Gemahlin Karls III., Herz. von Savoyen.	Lūis, H. von Beja. Concubine Violanta.	Henrique, Cardinal und König von Portugal, starb unvermählt.	Duarte, Gemahlin Isabel von Braganza.
João, Kronprinz. † vor dem Vater.	Philipp II., König von Spanien. Prätendent und endlich König von Portugal.	Emanuel Philibert, Herz. von Savoyen. Prätendent.	Antonio, Prior de Crato. Prätendent.	Maria, Gemahlin Alex. Farnese's, Herz. von Parma.	Catharina, Gemahlin João's von Braganza. Prätendentin.
Sebastian, König. † unvermählt.				Ranuccio, Herzog von Parma. Prätendent.	

1) Sousa de Macedo Lib. I. cap. IV. p. 201—213.
2) Sousa de Macedo Lib. I. cap. IX — XIV. p. 258 — 441.

3) Der Herzog von Savoyen, der Sohn der zweitältesten Tochter, verlangte zwar nicht, dem König Philipp II. vorgezogen zu werden. Wenn aber solcher vor Endigung des Streites sterben sollte, wie auch in Ansehen aller übrigen Prätendenten, berief er sich auf dieselben Gründe, welche Philipp II. für sich anführte, kraft deren er in diesem Falle der nächste Erbe zu sein behauptete [1]).

4) Der Herzog von Parma gründete seinen Anspruch darauf, dass er von der ältesten Tochter des letzten Sohnes Königs Manuel entsprossen und also ex meliori linea und nach dem Recht der Repräsentation andern vorzuziehen sei. Für ihn hatten die Juristen der Universität Padua eine Staatsschrift ausgearbeitet [2]).

5) Die Prinzessin Catharina, Gemahlin des Herzogs von Braganza, für deren ausschliesliches Recht auf die Krone sich alle Rechtslehrer der Universität Coimbra erklärt hatten. Die Herzogin von Braganza war die Tochter eines Sohnes des Königs Manuel, des Infanten Duarte, während Philipp II. nur der Sohn einer Tochter des Königs Manuel war. Die Herzogin von Braganza gründete nun ihr Recht darauf, dafs sie als Tochter eines Sohnes einer bessern Linie angehöre, indem sie ihren Vater, den Infanten Duarte, vollständig repräsentire. Wie ihr Vater Philipps Mutter ausgeschlossen haben würde, wenn beide noch am Leben wären, so müfste auch sie selbst den König Philipp ausschliefsen. Der Kernpunkt ihrer Deduktion war: ,,Neque Philippus potest habere plus juris, quam mater ejus, neque Catharina minus, quam ejus pater, cujus est haeres; sed jus matris Philippi erat minus, quam jus patris Catharinae." [3])

Die portugiesischen Publicisten, besonders die gelehrten Juristen der Universität Coimbra vertheidigten das Repräsentationsrecht in Portugal bei Successionsfällen mit aller Energie gegen die spanischen Juristen, welche dessen Anwendbarkeit so bestritten: ,,Das jus repraesentationis wäre eine Erfindung des römischen Rechts, davon das jus naturae, das allein bei grofser Herrn Streitigkeiten gelte, nichts wüfste." Allerdings ist in den lamegi-

---

1) Sousa a. u. O. Cap. VII.

2) Sousa a. a. O. Cap. VI.

3) Sousa a. a. O. cap. XI. p. 401.

schen Gesetzen das Repräsentationsrecht einigermaßen zweifelhaft
(besonders wenn man die Worte allein betrachtet: „Pater si habuerit regnum, cum fuerit mortuus, filius habeat"). Allein die
portugiesischen Publicisten behaupteten, daß das römische Recht
in Portugal recipirt wäre, und daher, weil die Sache in den Reichsgesetzen nicht deutlich ausgemacht, hier als subsidiäre Rechtsquelle
eintreten müßte. Außerdem beriefen sie sich auf mehrere königliche Testamente, welche das jus repraesentationis ausdrücklich
sanktionirten, so das Testament João's I. und Affonso's V. Nach
diesem Repräsentationsrecht würde in Portugal vorzugsweise bei
Successionen auf die Prärogative der Linie gesehen, derge-
stalt, daß, so lange noch Erben aus der Linie eines Sohnes vorhanden wären, Nachkommen einer Tochter nicht zugelassen werden
könnten. Nach dem Tode des Königs Henrique wäre die Succession auf „meliorem lineam" gefallen, welches die Linie des Duarte,
des Vaters der Catharina von Braganza, nicht aber die Linie der
Isabel, der Mutter König Philipps von Spanien, gewesen.

Dieses Repräsentationsrecht wäre ganz nach den Grundsätzen
des römischen Rechts zu beurtheilen, so daß es sich nicht weiter
erstrecken könnte, als auf Geschwister und Geschwisterkinder.
Nach diesen entschiede nur die Gradesnähe. Deshalb könnte auch
der Herzog von Parma, ein Bruders-Enkel, das beneficium repraesentationis nicht mehr in Anspruch nehmen, und die Gradesnähe gäbe der Herzogin von Braganza den Vorzug vor dem Sohne
ihrer ältern Schwester Maria, da sie einen Grad näher mit dem
letzten König verwandt wäre.

Außerdem führten die Publicisten der Herzogin von Braganza
noch den durchschlagenden Grund an: daß nach den lamegischen
Gesetzen kein Fremder in Portugal erben könnte, und daß demnach alle andern Prätendenten außer Catharina von Braganza, der
einzigen an einen einheimischen Edeln verheiratheten Prinzessin,
erbunfähig wären.

Der förmlich eingeleitete Successionsproceß, zu dem König
Henrique alle Prätendenten vorladen und zur Ausführung ihrer
Ansprüche auffordern ließ, hatte keinen Erfolg; indem der König
absichtlich die Sache verschleifte. Auch in seinem Testamente
hatte Henrique nichts Bestimmtes über die Thronfolge verfügt. Bei

seinem Tode herrschte daher die gröfste Verwirrung im ganzen Lande und es wurde Philipp II. leicht, sich mit Gewalt in den Besitz des Reiches zu setzen. Nicht die Stärke seiner Rechtsgründe, sondern die Heeresmacht des Herzogs Alba gab den Ausschlag. Die Reichsstände bestätigten Philipp 1581 zu Tomar als König von Portugal und deklarirten zugleich seinen Sohn zum Nachfolger.

Portugal stand von 1580 bis zum Jahr 1640 unter spanischer Herrschaft.

Siebentes Kapitel.

Die Staatssuccession unter der dritten Dynastie, dem Hause Braganza.

Die spanische Zwischenherrschaft war das Grab der portugiesischen Nationalgröfse; Portugal wurde thatsächlich wie eine Provinz der Krone Castilien behandelt. Eine starke nationale Reaktion führte im Jahr 1640 die Trennung Portugals von Spanien herbei und erhob den Herzog von Braganza als João IV. auf den Königsthron. João IV. war der Enkel jener Catharina von Braganza, welche ihr Recht im Jahr 1580 gegen die Uebermacht Philipps II. nicht durchsetzen konnte. João IV. stieg nicht blofs durch die Wahl der Stände, sondern durch eigenes Erbrecht auf den Thron, wie Mello Freire in seiner Rechtsgeschichte ausdrücklich sagt[1]). So erfüllte sich die alte Tradition, welche seit dem Tode Sebastians unter dem portugiesischen Volke lebte, dafs der rechtmäfsige König sich wirklich im Reiche aufhalte, aber unter einem andern Namen, den er jedoch bald ablegen und sich offenbaren werde.

Unverzüglich nach seiner Thronerhebung schrieb der König den 28. Januar des Jahres 1641 einen Reichstag nach Lissabon aus. Auf diesem Reichstage wurde von den drei Ständen einmüthig ein Mani-

---

1) „Joannes IV. Kal. Dec. anno 1640 a primoribus civitatis, deinde ab universo populo comitiis generalibus 28. Januar. anno 1641 solemniter et majorum more rex consalutatus, non imperium, quod jam illius erat, sed ejus possessionem, neque majestatem, quam jam prae se ferebat, sed illius tunc demum exercitium populi suffragiis acquisivit." Historia juris civilis §. 45. p. 106.

fest beschlossen und im Namen des Reichs veröffentlicht, in welchem sie dem Könige von Spanien den Gehorsam aufsagten und
die Gründe darlegten, aus denen sie João von Braganza zu ihrem
König erhoben hätten. Dieses Manifest vom 28. Januar 1641 ist
eine der wichtigsten Grundlagen für die Beurtheilung der portugiesischen Staatssuccession [1]).

Dieses Manifest erkannte von neuem die lamegische Thronfolgeordnung als Reichsgrundgesetz an; es erklärte nach diesen
Grundsätzen die Könige von Spanien für Usurpatoren und João
von Braganza für den einzigen rechtmäfsigen Erben. Das Repräsentationsrecht, welches die spanischen Publicisten in Abrede gestellt hatten, wurde von den portugiesischen Ständen feierlich anerkannt. Ferner erklärten sie: dafs sie nunmehr den unter König Henrique angefangenen Successionsstreit, dessen Entscheidung durch die
ungerechte und gewaltsame Usurpation bis jetzt verhindert worden,
zu Gunsten des Herzogs von Braganza endigen wollten; sie wiesen
nach, dafs nach den Reichsgrundgesetzen den Ständen das Recht
gebühre, nach Abgang der Könige oder bei einem vorfallenden Successionsstreit in den Seitenlinien einen König zu ernennen; ferner führten sie die Rechtsgründe an, aus denen Catharina von Braganza nach dem Tode des Königs Henrique hätte succediren sollen,
sie beriefen sich dabei 1) auf das jus repraesentationis, 2) auf die
praerogativam melioris lineae, 3) auf die Gesetze von Lamego, kraft
deren alle Fremden von der Thronfolge ausgeschlossen wären.

Auf demselben Reichstag wurde auch der älteste Sohn des
neuen Königs Theodosio zum Kronprinzen erklärt. Theodosio war
der erste Kronprinz, der den Titel „Prinz von Brasilien"
führte; er starb vor seinem Vater, welcher zwei Söhne, Affonso
und Pedro, hinterliefs. Affonso, der älteste, folgte ihm im Jahr
1656 auf den Thron als Affonso VI. Der kinderlose Affonso VI.
wurde bereits bei seinen Lebzeiten von seinem jüngern Bruder Pedro der Regierung entsetzt, welcher ihm als Pedro II. auf den Königsthron folgte. Pedro II. vermählte sich zugleich mit seines Bruders geschiedener Gattin, Maria Elisabeth von Nemours. Aus

---

1) Diese merkwürdige Urkunde findet sich abgedruckt in dem Corps uni-
versel diplomatique par Dumont Tome VI. p. 202 ff.

dieser Ehe wurde eine einzige Tochter, Isabella Maria, geboren, welche als die Kronerbin angesehen und auf dem Reichstage von 1674 von den Ständen als solche ausdrücklich anerkannt wurde. Ihr Vater verlobte sie mit dem Herzoge von Savoyen, Victor Amadeus, und auf sein Verlangen gaben die Reichsstände auf dem 1679 gehaltenen Reichstage ihre Einwilligung dazu mit der Erklärung: dafs diese Heirath mit einem fremden Fürsten, die sonst den Gesetzen von Lamego zuwider wäre, ihrem Erbrechte auf die Krone nicht nachtheilig sein sollte[1]).

Dieser Beschlufs ist für die Beurtheilung der portugiesischen Thronfolge von der gröfsten Wichtigkeit. Manche portugiesische Publicisten haben in diesem ständischen Beschlufs geradezu eine Abschaffung der in den lamegischen Gesetzen enthaltenen Clausel sehen wollen. Da aber dieser Beschlufs sich nur auf einen bestimmten einzelnen Fall bezog und nur zu Gunsten der damaligen Kronprinzessin erlassen wurde, so kann man darin keine eigentliche Abrogation, sondern nur eine Dispensation von jener Clausel des lamegischen Gesetzes erblicken. Aber soviel steht entschieden fest: dafs die Reichsstände befugt sind, jede Prinzessin bei einer Vermählung mit einem fremden Prinzen von dieser Clausel des lamegischen Gesetzes und den darin angedrohten Rechtsnachtheilen zu entbinden.

Die Infantin Isabella Marie starb vor ihrem Vater Pedro II. und würde ihm ohnedies nicht succedirt sein, da derselbe in einer zweiten Ehe noch mehrere Söhne gezeugt hatte. — Nach den Gesetzen von Lamego folgte, wie öfters bemerkt, zwar dem Könige sein Bruder auf den Thron, aber diesem letztern nicht sein Sohn, wenn ihn nicht die Reichsstände gewählt hatten. Diese Bestimmung der lamegischen Gesetze war zwar in mehreren Fällen entweder gar nicht beachtet oder wenigstens die Wahl nur durch eine nachträgliche Bestätigung ersetzt worden. Allein Pedro II. hielt es für gerathen, seinen Sohn João den 1. December 1697 auf einem allgemeinen Reichstag als Kronerben feierlich an-

---

1) Relation de la Cour de Portugal sous D. Petre II. Tom. I. cap. 6. p. 191.

erkennen zu lassen. „Diese Feierlichkeit,‟ sagt Caetano de
Lima, „achtete der König nöthig, um ein Hindernifs, das die Gesetze seinem Sohne machten, aus dem Wege zu räumen.‟ [1])

Die Stände hatten in ihrem berühmten Manifest von 1641 ihr
altes Wahlrecht sehr stark betont; dasselbe stand aber mit dem
Princip der entwickelten Erbmonarchie in so grellem Widerspruch,
dafs es, als ein mittelalteriger Rest einer überlebten Staatsordnung
im Jahr 1698 völlig beseitigt wurde.

Nach der Angabe des portugiesischen Rechtshistorikers Mello
Freire geschah dieses am 6. April 1698 auf dem Reichstag zu Lissabon, wo alle übrigen Successionsgrundsätze des lamegischen Gesetzes von neuem bestätigt wurden [2]).

Der schon 1697 als Thronfolger feierlich anerkannte Prinz
João folgte im Jahr 1706 seinem Vater als João V. Dieser König
hinterliefs bei seinem Tode 1750 zwei Söhne, Don Joseph Manuel und Don Pedro. Don Joseph Manuel war sein Nachfolger,
er hatte keine Söhne, wohl aber vier Töchter. Die älteste, Donna
Maria Franziska Isabella, erklärte er in Ermangelung eines Sohnes
zur Prinzessin von Brasilien und Kronerbin und vermählte sie 1760
mit seinem Bruder Dom Pedro. Joseph Manuel starb im J. 1777;
ihm folgte seine älteste Tochter Donna Maria Franziska Isabella als
regierende Königin. Dieses Ereignifs ist deshalb so merkwürdig, weil Donna Maria die erste regierende Königin in Portugal seit dem Ursprung des Reichs war, also in einem Zeitraum
von 638 Jahren. Obgleich das Erbrecht der Töchter seit den Gesetzen von Lamego in allen Testamenten der Könige und den verschiedensten Staatsakten unbestritten anerkannt war: so hatte sich
doch zufällig nie eine Gelegenheit zur Ausübung dieses Rechts
ergeben.

Die Königin Donna Maria I. war vermählt mit ihrem Oheim
Dom Pedro; ihr Gemahl, ungeachtet er des verstorbenen Königs

---

1) Luiz Caetano de Lima Geographia histor. de todos os Estados Sobe-
ranos de Europa Tom. I. Cap. 5. p. 251.

2) Mellii Freirii historia juris §. 40. p. 41. „In Comitiis sub Petro II. sexto
April. ann. 1698 Olysipone habitis caput illud fundamentalis hujusce legis ab-
rogatum, quod prohibebat filios defuncti regis fratris, eo sine liberis dece-
dente, ad successionem absque populi consensu venire.‟

Bruder war, erhielt erst den königlichen Titel, nachdem die Königin in gewöhnlicher Weise ausgerufen worden war. Er ging und saß bei dieser Feierlichkeit der Königin zur Linken und schwur ihr, wie die andern Großen, den Huldigungseid. Er war somit ein Unterthan seiner Gemahlin, welcher die Regierung allein von Rechtswegen gebührte. Aus dem ganzen Hergange sieht man, wie genau dabei die Gesetze von Lamego beobachtet worden sind.

Von den Kindern der Königin Maria blieb nur der einzige Infant João (als König João VI.) am Leben, welcher bei der Geisteskrankheit seiner Mutter schon 1792 die Regentschaft übernommen hatte, 1796 als Souverän ausgerufen worden war, aber erst nach dem Tode seiner Mutter 1816 den Titel eines Königs von Portugal annahm. In die Regierungszeit dieses Königs fallen die größten weltgeschichtlichen Bewegungen der Neuzeit, die französische Revolution und die napoleonischen Kriege. Wir berühren diese Ereignisse nur soweit, als ihre Besprechung für die portugiesische Successionsgeschichte unerläßlich ist.

Am 25. November 1807 schiffte die ganze königliche Familie sich nach Brasilien ein, wo sie dreizehn Jahre lang, bis zum 6. April 1821, verblieb. Die portugiesische Nation fühlte sich durch die Entfernung des Hofes gekränkt und konnte den Gedanken nicht ertragen, von einer ehemaligen Colonie aus regiert zu werden. Im Jahr 1820 brach ein Aufstand aus, welcher den König nöthigte, von Brasilien zurückzukehren und eine sehr demokratische Constitution anzuerkennen, deren Vorbild die spanische Cortesverfassung von 1812 war. Die Bestimmungen dieser Constitution interessiren uns hier nicht; wir bemerken nur, daß sie in Betreff der Thronfolge den Grundsätzen des lamegischen Gesetzes treu blieb. Tit. IV. Cap. 3. Art. 133. sagt: „Die Thronfolge im vereinigten Königreich folgt der regulären Ordnung der Erstgeburt und Repräsentation unter den gesetzmäßigen Nachkommen des Königs Dom João VI., so daß beständig den Vorzug hat: die ältere Linie vor der jüngern, in derselben Linie der nähere Grad vor dem entferntern, in demselben Grade das männliche Geschlecht vor dem weiblichen, in demselben Geschlechte die ältere Person vor der jüngern." Diese Verfassung hatte aber ein sehr kurzes Leben; denn am 1. Oktober feierlich angenommen und beschworen, wurde sie bereits im neunten Monate ihres Bestehens, am 5. Juni 1823, vom König João VI. förmlich aufgehoben. Die Aufhebung war besonders das Werk Dom Miguels, des jüngern Sohnes des Königs, welcher sich an die Spitze eines Truppencorps gestellt hatte, um die Aufhebung der Constitution durchzusetzen.

Das spätere Auftreten dieses Prinzen ist so verhängnifsvoll, eine Beleuchtung seiner angeblichen Ansprüche auf die Krone für unsere Aufgabe so wichtig, dafs wir der rechtlichen Betrachtung seiner Prätensionen ein besonderes Kapitel widmen müssen.

Achtes Kapitel.
Die Usurpation Dom Miguels und seine angeblichen Rechts- ansprüche.

Seit der Vernichtung der Constitution vom 23. September 1822 regierte João VI. wieder ohne Charte und ohne Cortes. Das wiederholte Versprechen dieses Monarchen, seinem Volke eine Constitution zu geben, wurde bei seinen Lebzeiten nicht erfüllt.

João VI. starb am 10. März 1826, er hinterliefs zwei Söhne:

1) Dom Pedro seinen ältesten Sohn. Dieser Prinz war im Jahre 1821, als die königliche Familie nach Europa zurückkehrte, als Regent in Brasilien zurückgeblieben, war aber bereits am 12. October 1822 genöthigt worden, sich als Kaiser von Brasilien proclamiren zu lassen, um dieses Land seiner Dynastie zu erhalten. Im Jahre 1825 wurde er von seinem königlichen Vater als Kaiser von Brasilien anerkannt. Dieser Fürst war nach dem Recht der Primogenitur (nachdem sein ältester Bruder Dom Antonio im Jahre 1801 gestorben war) und nach verschiedenen ausdrücklichen Erklärungen seines Vaters legitimer Thronerbe der Krone Portugal.

2) Dom Miguel den zweiten Sohn. Dieser Prinz hatte im April 1824 die Fahne des Aufruhrs gegen seinen eigenen Vater erhoben und den König und seine Minister ihrer Freiheit zu handeln völlig beraubt. Die fremden Gesandten mufsten den König gegen seinen eigenen Sohn schützen. Dom Miguel wurde zu einer Reise nach Oesterreich genöthigt, wo er mehrere Jahre sich aufhielt.

So waren beim Tode Joao's VI. seine beiden Söhne abwesend. Auf dem Todtenbette hatte der König durch ein Decret vom 6. März seine Tochter Maria Isabella zur Regentin eingesetzt, „bis der legitime Erbe und Nachfolger in dieser Beziehung eine andere Bestimmung getroffen haben wird" [1]). Unter diesem legitimen Erben „legitimo Herdeiro e Successor d'esta Coroa" konnte man niemand anders verstehen als Dom Pedro, den Erstgeborenen, den der König selbst in verschiedenen Staatsakten als seinen Kronerben bezeichnet hatte. In der That wurde damals sein Recht von allen Seiten unbestritten anerkannt; nicht der leiseste Zweifel erhob sich damals irgendwo gegen seine Legitimität. Kein Thronwechsel ist jemals friedlicher und unbestrittener vor sich gegangen [2]). Dom Pedro wurde nicht nur im ganzen Lande, sondern von allen Kabinetten Europa's als legitimer König von Portugal anerkannt. (Siehe insbesondere die Circularnote des Fürsten Metternich an die Botschafter und Gesandten Sr. k. k. apostolischen Majestät vom 27. März 1826.)

Die Regentschaft wurde im Namen Dom Pedro's installirt; die Prinzessin-Regentin vollzog alle Regierungsakte im Namen ihres kaiserlichen Bruders [3]) Als Dom Pedro die Nachricht vom Tode seines Vaters und vom Anfall der Krone Portugal erhielt, löste er seines Vaters altes Versprechen und gab der portugiesischen Nation am 19. April eine Charte, die sogenannte Carta de Lei, bestätigte fürs erste die von seinem Vater angeordnete Regentschaft, verzichtete aber bereits am 2. Mai 1826 bedingungsweise auf die Krone von Portugal zu Gunsten seiner ältesten Tochter Maria da Gloria. Die Bedingung war, dafs sich die minderjährige Prinzessin Donna Maria mit ihrem Oheim dem Infanten Dom Miguel vermählen, dafs aber die Prinzessin Brasilien nicht früher verlassen sollte, bis die von Dom Pedro gegebene Verfassung in Portu-

---

1) Gazeta de Lisboa vom 7. März 1826.

2) Discurso, que a Deputação mandada ao Rio de Janeiro pelo Governo de Lisboa recitou na presença do Senhor D. Pedro IV, prestando-lhe em nome da Nação Portugueza homenagem como a Seu Legitimo Rei.

3) Portaria de 20. de Março de 1826 pela qual o novo Governo ordenou o formulario, que se devia guardar para os actos publicos serem expedidos em nome do Senhor D. Pedro IV. Rei de Portugal.

gal beschworen und die Vermählung abgeschlossen worden wäre. Zugleich wurde Dom Miguel unter der Bedingung, daſs er die Charte anerkennen und beschwören würde, von seinem Bruder zum Regenten bestimmt.

Die Carta de Lei wurde am 13. Juli 1826 in Lissabon bekannt gemacht, am 1. August desselben Jahres von der Infantin-Regentin, den obersten Staatsbehörden und sämmtlichen Gemeinden beschworen. Auch Dom Miguel beschwor am 4. October 1826 die verfassungsmäſsige Charte unbedingt und ohne Vorbehalt zu Wien[1]), verlobte sich am 29. October per procurationem mit seiner Nichte Donna Maria, begab sich hierauf nach Portugal, wo er am 22. Februar 1828 anlangte, die Charte nochmals am 26. Februar in Mitten der Cortes feierlich beschwor[2]) und die Regentschaft übernahm, welche ihm durch die Verfügung seines Bruders vom 3. Juli 1827 übertragen war „nach der Verfassung bis zur Volljährigkeit der Prinzessin Maria." Kaum hatte er aber die Regentschaft übernommen, so brach er seine Eide, seine heiligsten Pflichten gegen seinen kaiserlichen Bruder Dom Pedro, gegen seine erlauchte Nichte Maria, deren Rechte auf den portugiesischen Thron er vorher stillschweigend und ausdrücklich zu wiederholten Malen anerkannt hatte. Er stürzte eine Verfassung ohne jeden Rechtsgrund um, welche er einige Tage vorher feierlich beschworen hatte, er miſsbrauchte die ihm vertrauensvoll übertragene Stellung eines Regenten, um eine Krone zu usurpiren, die nicht ihm, sondern seinem erstgeborenen Bruder und seiner erlauchten Nichte Maria da Gloria gehörte. Um aber

---

1) Neueste Staatsakten Th. VI. S. 211. Despacho do Ministro Portuguez residente na Corte de Vienna de 6 de Outubro de 1826 participando officialmente ter o Senhor Infante D. Miguel prestado o juramento *puro* e *simples* da Carta Constitucional no dia 4 do mesmo mez.

2) Dieser Eid lautet: „Ich schwöre Treue dem Senhor Dom Pedro IV. und der Senhora Donna Maria II., „legitimos Reis de Portugal", ich schwöre zu übergeben die Herrschaft des Reiches an Donna Maria II., sobald sie volljährig geworden ist, ich schwöre aufrechtzuerhalten die römisch-katholische Religion, treu zu halten und halten zu lassen die constitutionelle Charte der portug. Nation." An demselben Tage erlieſs Dom Miguel ein Dekret, worin er befahl, „daſs alle seine Regierungsakte im Namen seines Bruders Dom Pedro IV. erlassen werden sollten."

dieser treulosen Usurpation wenigstens einen Schein des Rechtes
zu geben, rief er bereits am 5. Mai seine Partisanen unter dem
Namen „der alten Cortes von Lamego" auf den 23. Juni zusammen. Diese erklärten am 25. Juni 1828 den Kaiser Dom Pedro seines Thronrechts für verlustig und Dom Miguel für den rechtmäfsigen Nachfolger Joao's VI., worauf Dom Miguel am 30. Juni
diesen Beschlufs der s. g. Cortes sanktionirte, die königliche Würde
annahm und die Charte aufhob.

Das Dekret Dom Miguels vom 30. Juni erklärt:

„Nachdem Ich den wichtigen Gegenstand reiflich erwogen
habe, der Mir von den drei zu Cortes versammelten Ständen des
Königreichs in besondern Akten eines jeden der drei Stände vor-
gelegt ward, in welchen diese Stände anerkannt haben, dafs Ich
den Verfügungen der Grundgesetze der Monarchie gemäfs, zu dem
Besitze der Krone dieser Königreiche berufen sei und Mich baten,
den Titel König und Gebieter dieser Königreiche anzunehmen,
welcher Titel auf Mich seit dem Tode des Königs,
Meines Herrn und Vaters, übergegangen ist, und nachdem Ich in Erwägung gezogen habe, wie wichtig es sei, in Allem
dieselben Grundsätze der Monarchie zu befolgen, auf welche der
portugiesische Thron gestützt ist, so ist es Mir nun aus diesen
Gründen gefällig, die erwähnten Beschlüsse zu genehmigen"
u. s. w. [1]).

Selbst diese offenbare Usurpation, diese Verhöhnung aller
Grundsätze der Ehre und der Moral, suchte sich in den Mantel
des Rechtes zu hüllen. Der Usurpator berief sich „auf die Grundgesetze des Reiches, auf welche der Thron gestützt sei", er berief sich auf den unmittelbaren Uebergang der Krone auf
ihn von seinem königlichen Vater João VI. Doch war Dom Miguel nur der zweite Sohn und Dom Pedro der Kronerbe nach
dem Recht der Erstgeburt, welches in jeder Erbmonarchie ein
unverbrüchliches Grundgesetz ist. Wollte Dom Miguel daher nur
einen Schein des Rechtes für sich haben, so mufste er vor Allem
nachweisen, dafs sein erstgeborener Bruder auf die Krone verzichtet habe oder seines Thronfolgerechts verlustig gegangen sei.

---

1) Allgemeine Zeitung, Jahrg. 1828. Nro. 205.

Von dieser Seite suchte man, mit sophistischen Gründen, das gute Recht, die anerkannte Legitimität Dom Pedro's anzugreifen.

Ueberall berufen sich Dom Miguel und seine Anhänger auf die „altehrwürdigen Gesetze des Reiches". In der Versammlung jener Pseudocortes sagte der Bischof von Viseu am 23. Juni 1828: „Da der Prinz Dom Miguel die Gerechtigkeit allen Rücksichten voranstellt und die Gesetze vom Grunde seines Herzens achtet, so will er alles nur von den Gesetzen erhalten und lehnt unbedenklich ab, was ihm nicht von diesen dargeboten wird. Das Königreich hat Gesetze in Betreff der Thronfolge; diese Gesetze sind bei der Stiftung der Monarchie aufgestellt worden. Wenn diese ehrwürdigen Gesetze, wenn das Grundgesetz der Monarchie unsern Prinzen zur Thronfolge berufen, so kann er sich nicht anders, als geschmeichelt finden, kraft eines so heiligen Rechtes über eine so hochherzige Nation zu herrschen. Ist er aber wirklich von den Gesetzen zur portugiesischen Thronfolge berufen?" [1]) Diese Frage beantwortet der Herr Bischof wie alle Anhänger Dom Miguels freilich mit „Ja". Wir müssen daher die Stichhaltigkeit dieser angeblichen Rechtsgründe näher prüfen. Der gewandteste Advokat der miguelistischen Ansprüche, Joseph Accurcio das Neves faſst die Gründe gegen Dom Pedro's Thronfolgerecht in folgende Sätze zusammen:

„1) Die legitime Erbfolge in der Regierung des Herrn Dom João VI. gebührt dessen Söhnen, nach der Bestimmung der Cortes von Lamego.

2) Der König Dom João VI. hinterläſst zwei Söhne, nemlich den Erstgeborenen Dom Pedro d'Alkantara und den zweiten Dom Miguel.

3) Brasilien wurde durch das Gesetz vom 15. November 1825 zu einem von Portugal und allen andern Staaten unabhängigen Staat erhoben.

4) Die Eigenschaft eines portugiesischen Bürgers geht verloren durch Naturalisation in einem fremden Lande.

5) Dom Pedro naturalisirte sich in Brasilien, als er sich zum Kaiser dieses Landes — Ausland in Bezug auf Portugal — erklärte und den Eid als solcher leistete.

1) Aus dem österr. Beobachter vom 19. Juli 1828.

6) Die Regierung über Portugal kann nach den lamegischen Gesetzen nie an einen Ausländer kommen.

7) Die Portugiesen dürfen bei Todesstrafe in keine fremde Herrschaft willigen.

Demnach also kann Dom Pedro, obwohl Erstgeborener von Dom João VI., seinem erhabenen Vater nicht in der Regierung folgen und folglich ist Dom Miguel, obwohl zweiter Sohn, seit dem 15. November 1825 der unmittelbare und legitime Nachfolger des Königs João VI. seines Vaters.‟

Selbst die eifrigsten Anhänger Dom Miguels können nicht in Abrede stellen, daſs Dom Pedro als ältester Sohn durch das Recht der Erstgeburt auf den Thron berufen ist; dieselben suchen sich aber gegen die Macht dieser einfachen Wahrheit durch die Behauptung zu retten:

daſs Dom Pedro durch Annahme der souveränen brasilianischen Kaiserkrone ein ausländischer Fürst geworden sei und somit sein Recht auf den portugiesischen Thron verwirkt habe.

Da indessen aus der Annahme einer andern Krone nach den Grundsätzen des allgemeinen Staatsrechts ein Verlust der angeerbten Krone nicht deducirt werden kann, so berufen sich die Anhänger Dom Miguels auf Sätze des positiven portugiesischen Staatsrechts, durch welche sie den Verlust der portugiesischen Krone für Dom Pedro nachzuweisen versuchen. Besondern Werth legen sie auf eine Stelle der lamegischen Gesetze:

„Sit ista lex in sempeternum, quod prima filia Regis recipiat maritum de Portugallia, *ut non veniat regnum ad estraneos, et si casaverit cum Principe estraneo,* non sit Regina; quia nunquam volumus nostrum Regnum ire for de Portugalensibus, qui nos sua fortitudine Reges fecerunt sine adjutorio alieno per suam fortitudinem et cum sanguine suo.‟

Nur durch eine völlige Sinnverdrehung dieses Gesetzes können die Miguelisten zu dem Schluſs kommen, daſs Dom Pedro durch seine Gelangung auf den Thron Brasiliens seine Eigenschaft als portugiesischer Prinz verloren habe und dadurch unfähig zur Nachfolge in der Krone Portugals geworden sei. Die falsche Auslegung dieses

Gesetzes liegt auf der Hand. Das Gesetz von Lamego verbietet in der vorliegenden Stelle den Kronerbinnen Portugals einen der Geburt nach fremden Fürsten zu heirathen und bedroht sie in diesem Falle sogar mit dem Verlust der Krone. Das Gesetz verhindert aber nicht, dafs portugiesische Prinzen die Krone eines andern Staates erwerben, noch dafs sie in der Krone Portugals succediren können, wenn sie eine andere Souveränität an sich gebracht. Im Gegentheil bietet die Geschichte Portugals Beispiele, welche zeigen, dafs die Erwerbung und Innehabung einer fremden Krone für den Kronerben oder König von Portugal keineswegs den Verlust der portugiesischen Krone nach sich zieht. König Affonso III., der als portugiesischer Prinz zugleich durch seine Heirath mit der Prinzessin Mathilde Graf von Boulogne geworden war, folgte seinem Bruder König Sancho II. in der Regierung, indem er die Souveränität über Boulogne beibehielt.

„Es ist nicht unbekannt" (schreibt der Staatsrath Abrantes an Sir William A'Court), „dafs Dom Affonso V. durch seine Heirath mit der Königin Donna Johanna König von Castilien und Leon wurde und dafs er, unerachtet er diese Staaten persönlich regierte, deswegen doch in Portugal weder die Ausübung seiner königlichen Gewalt noch seine Souverainitätsrechte in Portugal verlor, sondern solche fortwährend ausübte. Es ist bekannt, dafs der König Dom Manuel in Folge seiner Heirath mit der Prinzessin Donna Isabella, Erbin der Königreiche Castilien, Leon und Arragonien, diese Königreiche in Person regierte, ohne desshalb seine Souverainitätsrechte in Portugal zu verlieren"[1]).

So wenig also diese Monarchen wegen Besitzes einer fremden Krone als regierungsverlustige Ausländer in Portugal galten, so wenig konnte Dom Pedro sein Successionsrecht in Portugal abgesprochen werden, weil er die Kaiserkrone von Brasilien erworben hatte. Die Cortes von Lamego verbieten, dafs das Königreich Portugal in fremde Hände gerathe, sie verbieten aber nicht, dafs ein König von Portugal neue Königreiche zu seinen

---

1) Schreiben des portugiesischen Staatsraths Abrantes an Sir William A'Court über die Regentschaft von Portugal und die Autorität Dom Pedro's IV. in der Eigenschaft als König von Portugal und Vater der Donna Maria II. Aus dem Constitutionel vom 24. Juni 1827.

Staaten hinzu erwerbe. Diese Bestimmung hat nie eine Aenderung erlitten [1]).

Ferner berufen sich die Miguelisten auf ein von João IV. am 12. September 1642 auf Verlangen der Stände erlassenes Gesetz, worin es heißt: „daß der Kronnachfolger ein in Portugal geborner Prinz sein soll und daß kein Prinz, der von Geburt ein Ausländer ist, ein wie naher Verwandter des Königs er auch sei, ihm jemals soll succediren können" [2]). Da nach diesem Gesetze nur die Geburt in einem fremden Lande die Eigenschaft eines Ausländers begründet, so ist es klar, daß Dom Pedro, welcher unbestritten in Portugal geboren ist, durch dieses Gesetz nicht ausgeschlossen, sondern vielmehr in seiner Successionsfähigkeit recht eigentlich anerkannt wird. Ebensowenig wie Dom Pedro, ist seine erlauchte Tochter Maria da Gloria eine Fremde in Portugal, da sie bereits 1819, also zu einer Zeit geboren wurde, wo Brasilien noch als integrirender Theil zum portugiesischen Staatenverband gehörte.

Ueberdieß ist noch besonders hervorzuheben, daß der vorliegende Successionsfall von einer solchen Eigenthümlichkeit ist, daß keines der frühern Gesetze über das Verhältniß der portugiesischen zu fremden Kronen ohne weiteres darauf Anwendung finden

---

1) Höchstens könnte hier §. 136. der demokratischen Septemberverfassung von 1822 in Betracht kommen. Diese Verfassung hatte aber nur eine ephemere Existenz. Am wenigsten kann sich Dom Miguel auf dieselbe berufen, dessen Werk hauptsächlich ihre Vernichtung war. Der §. 136. dieser Verfassung lautet: „Wenn der Kronerbe zum Besitze einer fremden Krone gelangt oder der Thronerbe dieser zum Besitz von jener, so kann er nicht beide vereinigen; er wählt, welche er will, und wenn er sich für den fremden Thron entscheidet; so wird er angesehen, als habe er auf den portugiesischen Verzicht geleistet." Selbst diese Bestimmung der aufgehobenen Septemberconstitution ist keineswegs so ungünstig für Dom Pedro; dieselbe ist nur gegen eine bleibende Vereinigung der portugiesischen mit einer fremden Krone gerichtet, sie gestattet dagegen dem Thronerben die Wahl zwischen den beiden Kronen. Indem sie ein solches Optionsrecht gewährt, setzt sie voraus, daß der zur Thronfolge berufene Inhaber einer fremden Krone den Anfall der portugiesischen förmlich wahrgenommen habe, um sich dann zu entscheiden, welche Krone er behalten will.

2) Siehe die Protestation der Gesandten des Kaisers von Brasilien. London am 8. August 1828. Neuste Staatsakten B. XIII. S. 408.

kann. Es kann hier keineswegs „von einem Gelangen zur Erbschaft in einem andern fremden Reiche" die Rede sein. Die bra-
silianische Krone ist keineswegs (im gewöhnlichen Sinne
des Wortes) eine fremde. Brasilien bildete bis zu seiner Unab-
hängigkeitserklärung einen integrirenden Theil des portugiesischen
Staatencomplexes, es war kein Ausland, sondern ein portugiesisches Kronland, wie schon der Titel des Kronprinzen
„Prinz von Brasilien" beweist. Der Staatsakt, durch welchen
Portugal und Brasilien zwei von einander unabhängige Reiche wurden, ist als eine Theilung der bis dahin vereinigten
Krone der portugiesischen Gesammtmonarchie anzu-
sehen. Da der Fall einer solchen Theilung in keinem der früheren Gesetze berücksichtigt ist, so können diese Gesetze in dem
vorliegenden Falle nicht zur Anwendung kommen, derselbe muß
vielmehr lediglich nach den speciell dabei festgesetzten Normen und
nach der Natur der Sache beurtheilt werden.

Die Miguelisten betrachten jenen Vertrag, wodurch João VI.
die Unabhängigkeit Brasiliens anerkannte, als das Hauptargument
gegen die Successionsfähigkeit Dom Pedro's. Wir müssen daher
auf diesen Vertrag näher eingehen.

Alle Versuche João's VI., Brasilien wieder mit der Krone Portugal zu vereinigen, scheiterten an dem Unabhängigkeitssinn der
Brasilianer. Nach dreijährigen vergeblichen Verhandlungen entschloß sich daher der König, unter englischer Vermittelung die Unabhängigkeit Brasiliens anzuerkennen. Sir Charles Stuart wurde
mit der Vermittelung beauftragt, er traf Ende März 1825 in Lissabon
ein. In den Conferenzen zu Lissabon vom 5. April bis zum 23.
Mai 1825 hatte man fortwährend die zwei Punkte als feststehend
betrachtet:

1) daß João VI. die Souveränität über Brasilien seinem Sohne
   Dom Pedro cedire;
2) daß dem Prinzen Dom Pedro sein Thronfolgerecht
   in Portugal unverletzt reservirt werde.

In den Patentbriefen an seine ehemaligen brasilianischen Unterthanen, welche João VI. dem englischen Vermittler Sir Charles
Stuart bei seiner Abreise nach Rio Janeiro übergab, wurde das

Successionsrecht Dom Pedro's von seinem Vater auf das unzwei-
deutigste anerkannt:

„Und was die Succession in die beiden Kronen,
die kaiserliche und die königliche, anbelangt, so gebührt sie meinem geliebten Sohne Dom Pedro; ich cedire ihm durch diese Patentbriefe die volle Souveränität über das
Kaiserthum Brasilien und nenne ihn von nun an Kaiser von Brasilien und Kronprinz von Portugal und Algarbien"[1]).

Am 29. August 1825 wurde von Sir Charles Stuart, auf dieser Grundlage, der öfters erwähnte Vertrag zu Rio Janeiro abgeschlossen.

In diesem Vertrage erkennt João VI. die vollständige Trennung und Unabhängigkeit Brasiliens und seinen Sohn Dom Pedro als
souveränen Kaiser dieses Landes an, sich selbst aber behält er für
seine Person die Führung des Kaisertitels vor.

Allerdings ist in dem Vertrage selbst darüber nichts gesagt,
dafs dem Kaiser Dom Pedro sein Thronfolgerecht in Portugal ge-
wahrt bleiben solle. Daraus folgern die Miguelisten, dafs João VI.
seinem erstgeborenen Sohne die Succession in Portugal habe ab-
erkennen wollen, eine Ungereimtheit, die gegen alle vernünftigen
Interpretationsregeln verstöfst. In einem völkerrechtlichen
Vertrage werden nur die *streitigen* Punkte regulirt;
was sich von selbst versteht, bedarf keiner Erwähnung. Ein Verzicht auf ein so wichtiges Recht, wie das der
Thronfolge, oder eine Aberkennung von Seiten des Vaters (die
freilich völlig unberechtigt gewesen wäre), hätte ausdrücklch
ausgesprochen werden müssen. Das Stillschweigen über
diesen Punkt zeigt vielmehr, dafs man an dem regelmäfsigen Rechts-
zustand, also an dem Thronfolgerecht des Erstgeborenen nichts
ändern wollte. Die Nichterwähnung eines sich so von selbst
verstehenden Rechtes ist sogar für Dom Pedro viel günstiger, als
dessen besondere Erwähnung gewesen sein würde, weil es so
als etwas ganz Unbestrittenes behandelt wird. Könnte man nach
der Logik der Miguelisten sonst nicht ebensogut folgern, dafs

---

1) Carta Regia Patente gegeben im Palast zu Bemposta am 13. Mai 1825:
„E por a successão das duas Coroas Imperial e Real directamente pertencer a
Meu sobre todos muito Amado e Prezado Filho o Principe Dom Pedro."

João VI. auf seine Souveränität in Portugal verzichtet habe, weil
dieselbe ebenfalls im Vertrag nicht besonders vorbehalten wird?

Aber es fehlt auch nicht an einer ausdrücklichen Anerkennung
des Thronfolgerechts Dom Pedro's von Seiten seines königlichen
Vaters; sie findet sich zwar nicht in dem Texte des Vertrages
selbst, wohl aber in den Patentbriefen an seine portugiesischen Unterthanen vom 15. November 1825, worin João VI. den Vertrag
vom 29. August definitiv ratificirt:

„Ich habe alle meine Rechte auf j e n e s Land (Brasilien) meinem
geliebten Sohn Dom Pedro übertragen, meinem Erben und Nachfolger
in diesen Königreichen („D. Pedro d'Alcantara herdeiro e successor d'estes Reinos"). Ich erkenne meinen Sohn Dom Pedro,
Prinz von Portugal und Algarbien („Principe Real de Portugal e Algarves"), als Kaiser von Brasilien an" u. s. w. [1]

So bestätigte João VI., wo sich irgend eine Gelegenheit er-
gab, das Erbrecht Dom Pedro's auf die portugiesische Krone.

Die Gesandten Dom Pedro's theilten am 2. Juli 1828 dem di-
plomatischen Corps zu London noch folgende authentische Urkun-
den mit, in welchen João VI. vor oder gleich nach der Ratification
des Vertrags vom 29. August 1825 die Erbrechte Dom Pedro's wiederholt anerkennt [2]:

1) Eine Verordnung vom 9. Januar 1817, vermöge deren König João seinem ältesten Sohne Dom Pedro den Titel als Kronprinz des vereinigten Königreichs Portugal, Brasilien und
Algarbien nebst dem Titel „Herzog von Braganza" ertheilt.

2) Ein Gesetz oder Edikt, welches derselbe König an demselben Tage, wo er die Ratification des Vertrags vom 29. August
1825 vollzog, erliefs und worin er feierlich erklärte, dafs er seinen ältesten Sohn Dom Pedro in der doppelten Eigenschaft als Kaiser von Brasilien und Kronprinz von Portugal anerkenne.

3) Eine officielle Note des Marquis von Palmela, vom 7. Dec.
1825, worin Se. Grofsbritannische Majestät im Namen und auf
ausdrücklichen Befehl Sr. Majestät Dom João's VI. aufgefordert
wird, die Thronfolge in Portugal zu Gunsten Dom Pedro's zu ga-
rantiren.

---

1) Gazeta de Lisboa 15. Nov. 1825.
2) Neueste Staatsakten B. XIII. S. 174 ff.

Dagegen ertheilte der verstorbene König João VI. dem Infanten Dom Miguel nicht ein einziges Mal den Titel „Kronprinz", welcher ausschliefslich dem ä l t e s t e n Sohne, als präsumtivem Erben der Krone Portugal gebührte.

Wollte man daher selbst in dem S t i l l s c h w e i g e n des Vertrages vom 29. August eine Aberkennung der Erbrechte Dom Pedro's sehen, so würde eine solche, freilich schon an sich völlig unlogische, Annahme durch den klaren Wortlaut aller dieser Aktenstücke völlig widerlegt.

Die Miguelisten, welche sich so gern als die Vertheidiger des wahren monarchischen Prinzips ansehen, brauchen gegen den Uebergang der Krone auf Dom Pedro Argumente, welche den Grundsätzen der Erbmonarchie geradezu widersprechen; sie behaupten nemlich:

„Dom Pedro sei keineswegs ipso jure durch den Tod seines Vaters König geworden, sondern den Reichsständen stehe das Recht zu das Reich demjenigen zu geben, dem es von Rechtswegen gebühre: diese seien allein competent über die rechtmäfsige Thronfolge zu entscheiden" [1]).

Ferner: „alle Regierungsakte Dom Pedro's seien ungültig, weil sie von einem Monarchen ausgegangen seien, ehe derselbe von der Nation die Huldigung empfangen habe und als König anerkannt worden sei" [2]).

Ein solches Entscheidungsrecht der Cortes über die Thronfolge war zwar nach älterm portugiesischen Staatsrecht vorhanden, wenn bei Erlöschung der directen und legitimen Linie einer regierenden Dynastie in den C o l l a t e r a l l i n i e n mehrere Prätendenten auf die Nachfolge in der erledigten Krone Anspruch machten; ein solches Entscheidungsrecht der Cortes über die Thronfolge ist aber, selbst nach dem älterm portugiesischen Staatsrecht, nie behauptet worden, wo es sich um die Succession von D e s c e n d e n t e n handelt [3]). Vielmehr erwirbt der erstgeborene Sohn des Königs die

---

1) Manifest Dom Miguels vom 28. März 1832 aus der Gazeta de Lisboa vom 4. April 1832.

2) Adresse des portugiesischen Adels an Dom Miguel aus der preufsischen Staatszeitung vom 6. Juni 1828.

3) Das erkennt selbst das berühmte Manifest der 3 Stände vom 28. Januar

volle Souveränität ipso jure durch den Tod seines Vaters. Wie in jeder Erbmonarchie, galt auch in Portugal in Bezug auf die Descendentenerbfolge von jeher der Satz: „le mort saisit le vif"[1]). Die übliche Huldigung und Anerkennung von Seiten der Nation ist eine blofse feierliche Form, durch welche keineswegs erst die Souveränität erworben wird. In demselben Augenblicke, wo João VI. die Augen schlofs, war Dom Pedro, kraft seines Erstgeburtsrechts, König von Portugal, selbst noch ehe die Nachricht von der Eröffnung der Thronfolge in Rio Janeiro eingetroffen war. Alle Staatsakte, welche er kraft seiner Souveränität als König von Portugal erliefs, sind daher von diesem Moment an völlig bindend für seine portugiesischen Staaten und Unterthanen.

Dom Pedro IV. war daher vollkommen berechtigt, sogleich nach Anfall der portugiesischen Krone seinen Unterthanen eine constitutionelle Charte zu geben, da er als König von Portugal die volle gesetzgebende Gewalt in seiner Hand vereinigte. Die alten Reichsstände, die sogenannten Cortes von Lamego, waren seit 1698 nicht mehr zusammenberufen worden und alle Könige von João V. an waren absolute Herrscher gewesen, welche die gesetzgebende Gewalt, ohne Concurrenz eines ständischen Körpers, ausgeübt hatten[2]). Niemals war ihre unbeschränkte legislative Gewalt in Zweifel gezogen worden und hätte am wenigsten von denen bezweifelt werden dürfen, welche Vorkämpfer des Absolutismus zu sein sich rühmten.

1641 ausdrücklich an: „que le royaume et les trois états sont en droit de juger et de prononcer sur la succession légitime du même royaume toutes les fois qu'il nait quelque difficulté et quelque doute entre les prétendants *au sujet du défaut de descendans du dernier Roi, qui en a été possesseur*."

1) Dieser für die Söhne des verstorbenen Königs ipso jure eintretende Anfall der Krone wird schon durch die Cortes von Lamego anerkannt: „ita ut non sit necesse illos (sc. filios regis) *de novo* facere reges."

2) Zwar bestand noch, dem Namen nach, später ein Rath der drei Stände (junta dos tres estados); allein nicht die Cortes, sondern der König ernannte die Mitglieder derselben. (Pölitz Europ. Verfassungen II. S. 298.) Dieser Junta gestand man noch eine sehr eingeengte Theilnahme an dem Besteuerungsrechte, nicht aber an der Legislation zu. Aber auch dieses letzte Schattenbild ständischer Vertretung wurde im J. 1808 aufgehoben. (Schubert Verfassungsurkunden B. II. S. 143.)

Die Oktroyirung der Verfassung von Seiten des Königs Dom Pedro IV. war völlig rechtmäfsig, weil neben dem König keine Staatskörperschaft bestand, die einen Antheil an der gesetzgebenden Gewalt in Anspruch hätte nehmen können. Die Continuität der alten Cortesverfassung kann um so weniger geltend gemacht werden, da dieselbe nicht blofs durch desuetudo, sondern auch durch die Constitution von 1822 völlig beseitigt war. Allein auch die Verfassung vom 23. September 1822 war am 5. Juni 1823 aufgehoben und niemand, am wenigsten Dom Miguel, behauptete etwa die fortdauernde Gültigkeit dieser Constitution. Von diesem Datum an regierte João VI. wieder als absoluter Monarch und vererbte somit auch seine absolute Herrschergewalt auf seinen Sohn Dom Pedro IV., welcher kraft seiner unbeschränkten Souveränität zu jedem legislativen Akte, also auch zur Verkündigung einer Constitution völlig berechtigt war.

Uebrigens erfüllte Dom Pedro durch Ertheilung der Charte nur ein altes Versprechen seines Vaters, welcher gleich bei Vernichtung der Septemberverfassung seinen Unterthanen am 3. Juni 1823 die Erklärung gegeben hatte: ,,Portugiesen, Euer König, wieder frei geworden auf seinem Throne, will nur Euer Glück. Er ist im Begriff Euch eine Constitution zu geben, von welcher nur jene Prinzipien ausgeschlossen werden sollen, welche sich erfahrungsmäfsig als unverträglich mit der Ruhe des Landes erwiesen haben.''

In einem Dekret vom 18. Juni 1823 sagte João VI., dafs die alten Institutionen keineswegs seinen väterlichen Absichten für das Volk genügten, sondern dafs er Sorge dafür tragen würde ,,sie anzupassen dem gegenwärtigen Zustand der Civilisation und der Form der übrigen Repräsentativverfassungen in Europa.''

Auch die Erklärung João's VI. vom 4. Juni 1824, dafs er die alte Verfassung nach dem Reichsgrundgesetz von Lamego als fortbestehend betrachte, konnte seinem Nachfolger keineswegs die Hände binden; da durch eine blofse Erklärung seines Vorgängers seine unbeschränkte legislative Gewalt nicht aufgehoben werden konnte. In der That hat aber Dom Pedro durch Ertheilung der

Charte nichts anderes gethan, als was sein Vater nach verschiedenen Erklärungen längst beabsichtigt hatte.

　　Die Carta de Lei vom 19. April 1826 ist keine demokratische
Neuerung, kein völliger Bruch mit der Geschichte und der ältern
Verfassung Portugals, wie jene Septemberverfassung, sondern eine
Bestätigung der alten Grundgesetze der Monarchie, eine zeitge-
mäfse Wiederbelebung der alten Cortesverfassung; „sie bestätigt
das Thronfolgegesetz nebst allen Clauseln der Cortes von Lamego,
sie setzt die Periode der Zusammenberufung der Stände fest, wie
dies bereits früher unter den Regierungen der Könige Affonso's V.
und João's III. üblich gewesen war, sie erkennt die beiden we-
sentlichen Grundsätze der alten portugiesischen Regierung an, dafs
nemlich Gesetze nur unter Mitwirkung der Cortes erlassen werden
können und dafs nur in den Cortes, niemals aber aufserhalb derselben, die Auflage und die Verwaltung des Staatsschatzes verhan-
delt und bestimmt werden dürfen, sie behält die alte ständische
Gliederung bei, nur mit der Veränderung, dafs die beiden Stände
des hohen Clerus und Adels hinfüro zu einer einzigen Kammer ver-
einigt werden sollen"[1]).

　　Diese Charte war seit ihrer Publikation das geltende, allgemein
anerkannte, von allen Staatsbehörden und in allen Gemeinden feierlich beschworene Staatsgrundgesetz von Portugal, welches alle ältern Institutionen und Gesetze soweit aufser Kraft setzte, als sie
mit dem Buchstaben und Geist dieser Verfassung in Widerspruch
standen. Dom Miguel, welcher diese Charte zu Wien unbedingt
und ohne Vorbehalt, dann noch einmal feierlich in der Versammlung der Cortes auf das heilige Evangelium beschworen, welcher
selbst die Regentschaft nur nach dieser Verfassung erhalten
hatte, verfuhr durchaus rechtlos und revolutionär, als er eine Versammlung zusammenrief, die er die alten Cortes von Lamego zu
nennen beliebte, die von rechtlichem Standpunkte aus aber nichts
waren, als „eine Versammlung von Genossen einer re-

---

1) Manifest Dom Pedro's vom 2. Februar 1832 aus dem Journal des De-
bats vom 9. Februar. Ein guter Aufsatz über die Charte von 1826 in the Edin-
burgh Review Vol. XLV. S. 199—248. Bester Abdruck derselben bei Schubert Verfassungsurkunden und Grundgesetze B. II. S. 148—166, auch bei Pölitz B. II. S. 323—341.

bellischen Faktion". Die alten Cortes waren durch lange
Verjährung untergegangen; die vom legitimen Souverän gegebene
Verfassung kannte nur Eine Repräsentation des portugiesischen Volkes — die beiden verfassungsmäfsigen Kammern der Pairs und der
Abgeordneten. Jede andere Versammlung hatte nur die Bedeutung
eines Clubs, einer Faktion, aber keineswegs das Recht einer Na-
tionalrepräsentation. Jene sogenannten ,,organischen, uralten,
verfassungsmäfsigen (!) ehrwürdigen Cortes", welche Dom Miguel
am 25. Juni 1828 zum König von Portugal ernannten, begingen
durch diese Handlung einen Hochverrath gegen ihren einzig legitimen Souverän. Die ganze Versammlung dieser Pseudocortes
war ein frivoles Spiel mit altehrwürdigen Formen, durch welche
Dom Miguel seiner Usurpation in den Augen der unerfahrnen Menge
einen Mantel des Rechts umhängen wollte. Kein Sachkundiger
konnte durch diese unwürdige Comödie getäuscht werden; die Trug-
schlüsse waren zu grob, womit Dom Miguel seine Usurpation recht-
fertigen, die Legitimität Dom Pedro's anfechten wollte. Hatte
doch Dom Miguel selbst seinen Bruder einst unumwunden als seinen legitimen König und Herrn anerkannt, erklärte er doch bald
nach dem Tode seines Vaters von Wien aus, dafs er die Regentschaft seiner Schwester Maria Isabella anerkenne, ,,bis der rechtmäfsige Erbe des Königreichs, dem wir alle Unter-
werfung schuldig sind, seinen Willen erklärt haben werde,"
ferner: ,,dafs er stolz sei auf die Eigenschaft eines gehorsamen
Sohnes und eines getreuen Unterthanen" [1]). Als die Köni-
gin-Mutter, vor Dom Miguels Ankunft in Lissabon, seine Genehmi-
gung zur Vermählung der Prinzessin Anna da Jesus Maria mit
dem Marquis von Loulé verlangte, antwortete Dom Miguel von
London aus: ,,Es stehe Dom Pedro als König und Haupt der
Familie allein zu, darüber zu entscheiden" [2]).

---

1) Brief des Infanten Dom Miguel an seine Schwester die Infantin-Regentin. Wien den 14. Juni 1827. Neueste Staatsakten B. VI. S. 197.

2) Die unzweideutigsten Dokumente, worin Dom Miguel die volle Legitimität seines Bruders freiwillig und unumwunden anerkennt, sind sehr zahlreich;
hier erwähnen wir noch 1) ein Schreiben Dom Miguels vom 6. April 1826 an
seine Schwester die Infantin-Regentin, worin die Worte vorkommen: ,,o legitimo Herdeiro e Successor d'elles, que he o nosso muito Amado Irmão e

So gerieth Dom Miguel nicht nur in Widerspruch mit allen Grundsätzen des Rechts, sondern mit seinen eigenen frühern Erklärungen.

Mit voller Evidenz ist in diesem Kapitel nachgewiesen:

1) dafs Dom Pedro, Kaiser von Brasilien, kraft des Rechts der Erstgeburt ipso jure, im Momente des Todes seines Vaters, König von Portugal geworden ist;

2) dafs sein königlicher Vater ihn überdiefs in authentischen Staatsakten wiederholt als „seinen Erben und Nachfolger" anerkannt hat;

3) dafs Dom Pedro nie, weder ausdrücklich, noch stillschweigend auf sein Thronfolgerecht verzichtet hat;

4) dafs Dom Pedro durch seine Annahme der brasilianischen Kaiserkrone keineswegs seine Eigenschaft als portugiesischer Prinz verloren hat, und dafs es eine völlige Sinnesverdrehung der Bestimmungen älterer portugiesischer Gesetze ist, wenn man ihn als „einen Ausländer", als „einen fremden Fürsten" bezeichnet;

5) dafs Dom Pedro, als Inhaber der vollen gesetzgebenden Gewalt, berechtigt war, der portugiesischen Nation eine Charte zu geben, welche durch ihre Publikation bindendes Grundgesetz für alle Portugiesen wurde.

Senhor o Imperador do Brasil." 2) Ein Schreiben Dom Miguels an Dom Pedro vom 12. Mai 1826, worin er seinem kaiserlichen Bruder ausdrücklich loyale Treue verspricht und von ihm sagt: „*em quem unicamente contemplo o legitimo Soberano.*" Er unterschreibt sich darin: „De V. M. J. et R. *Vasallo o mais fiel.*" 3) Der Verlobungsvertrag mit seiner erlauchten Nichte vom 29. Oktober 1826, in welchem Dom Miguel dieselbe als seine Königin anerkennt. 4) Der Eid vom 26. Februar 1826, welchen er nicht nur der Verfassung, sondern auch der Person seines Bruders und seiner Nichte leistet.

Neuntes Kapitel.

Der Sturz der miguelistischen Usurpation und die Thronbesteigung Donna Maria da Gloria's.

Dom Pedro, Kaiser von Brasilien, war mit dem Tode seines Vaters König von Portugal geworden. Kraft des Rechts der Erstgeburt war er legitimer Erbe der gesammten Länder des Hauses Braganza; er hätte, wie sein Vater, von Rio Janeiro aus den europäischen Theil derselben regieren können. Selbst der Wortlaut des Vertrages von Rio Janeiro, welcher die Unabhängigkeit und Trennung der beiden Reiche stipulirte, stand einer blofsen Personalunion, einer Vereinigung beider selbstständigen Kronen auf einem Herrscherhaupte nicht entgegen [1]). Portugal wäre durch eine solche Vereinigung ebensowenig ein Nebenland von Brasilien geworden, wie Hannover niemals ein solches von Grofsbritannien war. Die Könige von Preufsen als Fürsten von Neuenburg residirten niemals in diesem Lande; das Königreich Preufsen stand in keiner staatlichen Verbindung mit dem Fürstenthum, welches einen völlig getrennten, souveränen Staat bildete. Der Preufse war in Neuenburg als solcher immer ein Ausländer und doch schmückte seit 1707 die Königskrone von Preufsen und der Fürstenhut von Neuenburg dasselbe Haupt. Obgleich der Fürst in Berlin residirte, ruhte staatsrechtlich genommen die souveräne Gewalt immer im Lande. Eine derartige Verbindung mehrerer selbstständiger Kronen ist nicht nur nach den Prinzipien des allgemeinen Staatsrechts möglich, sondern auch, wie oben nachgewiesen, durch kein positives portugiesisches Staatsgesetz untersagt.

Allein wichtige politische Gründe machten eine solche bleibende Personalunion unmöglich. Keine der beiden durch Revolutionen aufgeregten Nationen wollte auf die Anwesenheit des Souveräns im eignen Lande verzichten; Brasilien würde sogar für immer dem Hause Braganza verloren gegangen sein, wenn Dom Pedro

---

1) Ueber diese Frage handelt besonders ausführlich das Schreiben des Staatsrath Abrantes an Sir William A'Court.

dasselbe von Lissabon aus hätte regieren wollen. Der unruhige Parteigeist, der beide Länder durchzuckte, die ungeheure Entfernung und andere gewichtige Gründe mufsten Dom Pedro bestimmen, selbst die blofse Personalunion aufzuheben. Es stand natürlich ganz in seinem Belieben, auf welche der Kronen und zu welcher Zeit er verzichten wollte. Er war daher vollkommen berechtigt, den Anfall der portugiesischen Krone förmlich wahrzunehmen, in die Reihe der portugiesischen Könige als Pedro IV. einzutreten und als König von Portugal die wichtigsten Staatshandlungen vorzunehmen.

Da aber die Lösung der Personalunion unvermeidlich geworden war, so mufste sich Dom Pedro für eine der Kronen entscheiden, er wählte die Kaiserkrone von Brasilien. Aber mit dieser persönlichen Wahl war der Knoten noch nicht gelöst. In allen Erbmonarchien ist der älteste oder einzige Sohn seines Vaters geborener Nachfolger. Dom Pedro von Alcantara, geb. am 2. December 1825, nach dem frühen Tode eines ältern Bruders der einzige Sohn Dom Pedro's IV., wäre somit, nach dem Tode seines Vaters, nach portugiesischem und brasilianischem Thronfolgerecht ipso jure König und Kaiser geworden; Dom Pedro mufste also, im Interesse der beiden Reiche, kraft seiner höchsten Gewalt als Monarch und Vater eine Abweichung von dem gewöhnlichen Erbgang durchführen. Ein aufserordentlicher, nie dagewesener Fall in der portugiesischen Geschichte, die Zerlegung der portugiesischen Gesammtkrone in zwei Kronen, machte eine solche aufserordentliche Mafsregel nothwendig. Es kam nur darauf an, dafs diese Abweichung von der gesetzlichen Erbfolge so gering wie möglich war. Dom Pedro konnte und durfte nur eine Wahl unter seinen Kindern treffen, denn diese waren insgesammt seine nächsten Erben. Er hatte aufser seinem einzigen Sohn damals vier Töchter, von denen Maria da Gloria die älteste war [1]). Den einzigen Sohn bewahrte er für die Thronfolge in Brasilien auf, indem er für diesen unmündigen Prinzen im voraus dieselbe Wahl traf, welche er

---

1) Siehe die Genealogischen Tafeln zur Staatengeschichte der germanischen und slavischen Völker No. LIII. von F. M. Oertel 1845.

bereits für sich getroffen hatte.   Seine nächste Erbin Maria da
Gloria bestimmte er zur Thronfolge in Portugal.

Niemand konnte gegen diese, durch die Macht der Verhältnisse
gebotene Verfügung Einspruch thun, am wenigsten Dom Miguel,
welcher, nach uraltem portugiesischen Rechte, von dem einen Grad
näher stehenden Weibe ausgeschlossen wurde.   Von einer Krän-
kung seines Rechtes konnte nicht die Rede sein, da beim Weg-
fallen des einzigen Sohnes des Dom Pedro nicht Dom Miguel, sondern Maria am nächsten zur Krone berechtigt war.   Das ganze
Arrangement war eine Privatsache, eine res domestica in der
Speziallinie Dom Pedro's.   Solange in der erstgebornen Linie noch irgend ein erbfähiges Glied, gleichviel ob Sohn oder Tochter, vorhanden war, konnte von irgend einem Anspruch des zweiten Sohnes Dom Miguel nicht die Rede sein nach den klarsten Aus-
sprüchen des portugiesischen Staatsrechts, z. B. jenes Testaments
João's I., zufolge dessen die Linien nach der Ordnung der Erstgeburt zur Regierung gelangen sollen (S. 18).   Der einzig denkbare
Protest gegen dieses Arrangement hätte von Seiten des einzigen Sohnes, also von dem gegenwärtigen Kaiser von Brasilien, Dom Pedro II., erhoben werden können, da nach portugiesischem Erbrecht
auch der jüngere Sohn des letzten Königs die ältere Tochter ausschliefst.   Von dieser Seite ist aber, wie sich von selbst versteht,
nie ein Einspruch gegen die Verfügung Dom Pedro's erhoben, sondern Maria da Gloria immer als legitime Thronerbin ihres
Vaters in Portugal anerkannt worden.

Wie bereits erwähnt, verzichtete Dom Pedro am 2. Mai 1826
auf die Krone von Portugal zu Gunsten seiner ältesten Tochter
Maria da Gloria, aber dieser Verzicht war nur ein bedingter,
dessen Wirkung erst mit Erfüllung dieser Bedingungen ins Leben
trat.   Eine wesentliche Bedingung war aber nicht nur das Verlöb-
nifs, sondern auch die Vermählung Maria da Gloria's mit dem
Infanten Dom Miguel.   Dom Pedro hatte seiner Verzichtleistung
die sich von selbst verstehende Clausel beigefügt: ,,meine Abdankung ist als nicht geschehen zu betrachten, falls eine dieser Bedingungen nicht erfüllt wird.''   Der Eid wurde geleistet, das Verlöb-
nifs gefeiert, die Vermählung aber nicht vollzogen.   Dom
Pedro wäre daher solange König von Portugal geblieben, bis auch

diese Bedingung erfüllt worden wäre; allein am 3. März 1828 verzichtete er nochmals **unbedingt** auf die Krone von Portugal zu Gunsten seiner ältesten Tochter [1]). Von diesem Tage an war Maria II. da Gloria nach dem Rechte **regierende Königin von Portugal**; alle Staatsakte, welche **seitdem** in Bezug auf Portugal von Seiten Dom Pedro's ausgingen, vollzog er nur als Vater und Vormund seiner minderjährigen Königin-Tochter.

Aber das Reich, welches Maria da Gloria von Rechtswegen gebührte, war in den Händen des Usurpators und mußte erst für seine legitime Souveränin **erobert** werden. Die langen blutigen Bürgerkriege, die Intriguen und Parteigetriebe, welche der Thronbesteigung Donna Maria's II. vorausgingen, übergehen wir, da wir die portugiesische Staatssuccession nur von ihrer **rechtlichen** Seite betrachten.

Der Usurpator wurde zwar im Jahre 1829 von dem Papste und den Vereinigten Staaten, 1830 von Spanien als König von Portugal anerkannt, konnte aber die Anerkennung der Großmächte nicht erlangen. Furchtbar lastete die blutige Schreckensherrschaft auf der unglücklichen Nation. Da entschloß sich endlich Dom Pedro, nach Entsagung seiner brasilianischen Krone, den Kampf für seine Tochter selbst in Europa zu leiten, um (wie er in dem Manifeste vom 2. Februar 1832 erklärte) „die **legitime Regierung der Königin Maria II. wiederherzustellen.**" Nach langem Kampf wurde der gerechten Sache der Sieg beschieden, am 23. September 1833 hielt Maria II. da Gloria, die rechtmäßige Königin, ihren feierlichen Einzug in Lissabon. Dom Miguel capitulirte zu Evora und schloß am 26. Mai 1834 zu Evoramonte die Uebereinkunft, in 14 Tagen Portugal zu verlassen, nicht mehr nach Portugal und Spanien zurückzukehren und sich mit einem Jahrgehalt von 375,000 Francs zu begnügen. Er bekräftigte noch diesen Vertrag am 29. Mai durch eine eigenhändige Erklärung, sich weder direkt, noch indirekt in die portugiesischen Angelegenheiten einzumischen [2]). Aber gleich nach seiner Ankunft auf der italieni-

---

1) Nach der im österreichischen Beobachter vom 24. Mai enthaltenen Uebersetzung aus dem Diario Fluminense vom 5. Mai 1828.

2) Siehe Schubert Allgemeine Staatskunde von Europa. Ersten Bandes dritter Theil S. 293. Allgemeine Zeitung vom 17. Juni 1834 No. 168.

schen Küste protestirte Dom Miguel am 24. Juni 1834, gegen diesen Vertrag und legte ferneren Einspruch gegen alle Anordnungen und Veränderungen der gegenwärtigen Regierung ein, ein Einspruch ohne alle rechtliche Bedeutung, da er von einer Person ausging, welche nur eine widerrechtliche usurpirte Gewalt verlor, nie aber den geringsten Rechtstitel auf die Krone Portugals gehabt hatte.

Nach solchen Vorgängen fafsten im Oktober 1834 die portugiesischen Cortes den einstimmigen Beschlufs:

„Der vormalige Infant Dom Miguel und seine Descendenten sind für immer von der Thronfolge in Portugal ausgeschlossen; er und sie sind für immer aus den portugiesischen Besitzungen verbannt, alles und jedes bürgerlichen und politischen Rechts in Portugal verlustig u. s. w."[1])

Zehntes Kapitel.
Das Haus Sachsen-Coburg-Gotha auf dem Thron von Portugal.

Nach Besiegung des Usurpators liefs sich Dom Pedro die Wiederherstellung der Verfassung von 1826 vor allem angelegen sein; die Cortes wurden von ihm bereits im August 1834 eröffnet[2]) und er wurde von denselben als Regent während der Minderjährigkeit seiner königlichen Tochter bestätigt.

Die Charte von 1826 handelt im vierten Kapitel des fünften Titels ausschliefslich von der Erbfolge zur Krone. Die darin aufgestellten Grundsätze stimmen mit den alten Gesetzen des Reichs, besonders denen von Lamego, überein. Die betreffenden Artikel lauten folgendermafsen:

„Art. 86. Die Königin Donna Maria II., von Gottes Gnaden, und durch die förmliche Abdankung und Abtretung des Herrn Pedro I., Kaisers von Brasilien, wird immer in Portugal herrschen."

---

1) Allgemeine Zeitung 1834 No. 323.
2) Merkwürdige Thronrede Dom Pedro's Allgemeine Zeitung 1834 No. 245 u. 246.

„Art. 87. Die legitimen Nachkommen derselben werden auf dem Throne nach Ordnung der Erstgeburt folgen, so daſs immer die ältere Linie der jüngern, in derselben Linie der nähere Grad dem entferntern, in demselben Grade das männliche Geschlecht dem weiblichen, und in demselben Geschlechte die ältere Person der jüngern vorgezogen werde."

„Art. 88. Im Falle des vollständigen Aussterbens der geraden Linie der legitimen Nachkommen der Königin Donna Maria II. wird die Krone an die Seitenlinie übergehen."

„Art. 89. Kein Fremder kann in der Krone von Portugal nachfolgen."

„Art. 90. Die Vermählung der Prinzessin vermuthlichen Thronerbin wird immer mit Einwilligung des Königs, und nie mit einem Fremden vor sich gehen. Wenn der König in dem Augenblick, wo man sich mit dieser Vermählung beschäftigen soll, schon aufgehört hätte zu leben; so wird sie nicht ohne die Einwilligung der allgemeinen Cortes ins Werk gesetzt werden können. Ihr Gemahl wird keinen Theil an der Regierung nehmen, und den Namen König erst dann tragen, wenn die Königin ihm einen Sohn oder eine Tochter geboren hat."

Da die Descendenz Donna Maria's sowohl durch die alten Reichsgrundgesetze, wie durch die neue Charte zunächst zur Thronfolge berufen war: so gab es für die Sicherung der Erbfolge keine wichtigere Angelegenheit, als die Vermählung der jungen Königin. Dom Pedro hatte schon in seiner Thronrede „die Einleitung der schicklichen Schritte, daſs Ihre Majestät sich mit einem geeigneten Prinzen vermähle", als wichtige Staatsangelegenheit bezeichnet.

Die Botschaft des Regenten, hinsichtlich der Vermählung der Königin, kam am 1. September 1834 an die Kammern; die für diesen Zweck niedergesetzte Comission war der Ansicht:

Da in Portugal keine passende Verbindung zu knüpfen sei, so sei der Art. 90. der Charte, welcher fremde Prinzen ausschlieſst, auſser Kraft zu setzen, und die Wahl eines Gemahls für die junge Königin ihrem Vater, dem Regenten, zu überlassen.

Die Comission unterstützte ihr Gutachten durch Anführung mehrerer historischen Beispiele, wo die Cortes von der Bestimmung

des lamegischen Gesetzes in Bezug auf die einheimische Eigenschaft
des Gemahls Dispens ertheilt hatten. Das Gutachten der Comission
wurde angenommen; am 12. September wurde dem Regenten von
den Cortes das Recht eingeräumt, nach freier Wahl einen Gemahl
für seine königliche Tochter zu bestimmen[1]). Die Wahl fiel auf
August Herzog von Leuchtenberg, welcher sich bereits am 1. December 1834 durch Procuration, am 26. Januar 1835 in Person
mit der Königin vermählte. Dieser Prinz starb aber bereits am
28. März 1835, ohne Portugal und seiner königlichen Gemahlin
einen Thronfolger geschenkt zu haben.

Mit der Zustimmung der Cortes oder vielmehr auf deren ausdrücklich ausgesprochenen Wunsch trat die junge Königin in eine zweite
Ehe, und zwar mit dem Prinzen Ferdinand von Sachsen-Coburg, ältestem Sohn des Herzogs Ferdinand von Sachsen-Coburg
und der Fürstin Antoinette von Cohary, durch Procuration am
1. Januar zu Wien und persönlich am 9. April 1836 zu Lissabon.
Diese Ehe ward mit einer blühenden Nachkommenschaft gesegnet,
welche der Thronfolge Sicherung und Stätigkeit für die Zukunft
verspricht. Am 16. September 1837 wurde der Kronprinz Dom
Pedro von Alcantara geboren, welcher jetzt als Dom Pedro V. den
Thron bestiegen hat.

Obgleich die alten Cortes von Lamego, ebenso wie die Charte
Dom Pedro's die Vermählung der Königin oder Kronprinzessin mit
einem Ausländer untersagen, so ist es doch in Portugal nie bezweifelt worden, dafs die Cortes von dieser Clausel dispensiren können. Sobald König und Cortes in verfassungsmäfsiger Form über-
eingekommen sind, können sie jede Bestimmung der Grundgesetze
aufser Kraft setzen. Für die Berechtigung, von dieser grundge-
setzlichen Bestimmung zu dispensiren, ist der Präcedenzfall vom
Jahre 1679 von höchster Wichtigkeit (S. 25).

Nachgeborene Prinzen fremder Fürstenhäuser, die nicht zur
Souveränität gelangen, können übrigens durch Naturalisations-
patente dem portugiesischen Volke völlig einverleibt werden, wie
es mit den beiden fürstlichen Gemahlen der Königin geschah.

---

1) Schubert Verfassungsurkunden und Grundgesetze B. II. S. 170. Allgemeine Zeitung 1834 No. 263.

Nach erfolgter Zustimmung der Cortes war daher die Ehe der
Königin mit dem Prinzen von Sachsen-Coburg vom Standpunkt des
portugiesischen Staatsrechts unanfechtbar. Herzog Ferdinand er-
langte nach der Bestimmung der Cortes von Lamego und der Charte
von 1826 gleichzeitig mit der Geburt des Thronfolgers den Titel
,,König von Portugal'', ohne dadurch mit bestimmten Rechten an
der Regierungsgewalt betheiligt zu werden.

Der Art. 89. der Charte:

> ,,Kein Fremder kann in der Krone von Portugal nach-
> folgen''

ist natürlich auf Dom Pedro V. unanwendbar. Dieser Prinz, Sohn
einer portugiesischen Königin, aus einer mit Einstimmung der Cortes geschlossenen Ehe und in Portugal geboren, ist ein Portu-
giese und ein ächter Spröfsling des Hauses Braganza.

Hier weicht freilich die deutsche Anschauungsweise von der
portugiesischen völlig ab, indem nach deutscher Ansicht die Continuität einer fürstlichen Familie nur durch den Mannsstamm
bewahrt wird. Eine Consequenz der deutschen agnatischen Thronfolge, bei welcher selbst entfernte Agnaten die Töchter des letzten
Herrschers ausschliefsen, ist der Satz: ,,per foeminam rumpitur
linea paterna.'' Mit dem letzten Spröfsling des Mannsstammes sehen wir eine Dynastie für erloschen an; die dann nach subsi-
diärem Thronfolgerecht etwa eintretenden Cognaten bilden, nach
unserer Auffassungsweise, eine neue Dynastie[1]).

Dagegen wird als eine nothwendige Consequenz der cognatischen Thronfolge, welche seit ältester Zeit, als ein tief in das

---

1) In mehreren deutschen Staaten haben die Weiber und Cognaten nicht
einmal ein eventuelles Erbfolgerecht, so z. B. in Preufsen (Verfassungsurkunde
Art. 53.), in den sächsischen Herzogthümern Weimar, Meiningen, Coburg und
Altenburg, ferner in Mecklenburg und Oldenburg. Dieses System ist auch das
französische, schwedische, belgische. Darnach kann man in den europäischen
Erbmonarchien drei Systeme unterscheiden: a) das exclusiv agnatische, b) das
in Deutschland vorherrschende, wo zwar der ganze Mannsstamm die Frauen
ausschliefst, wo aber nach Erlöschen des Mannsstammes das eventuelle Successionsrecht des Weibsstammes anerkannt ist, und c) die cognatische Thronfolge in England, Spanien und Portugal, wornach die Frauen nur von den
männlichen Gliedern derselben Parentel ausgeschlossen werden, aber den Männern aus ferner stehenden Parentelen vorgehen.

Volksbewufstsein eingedrungener Rechtssatz in England, Spanien und Portugal gilt, in diesen Ländern die rechtliche Anschauung festgehalten, dafs auch durch Prinzessinnen, also durch cognatische Succession, die Continuität der Familie erhalten werden kann.

Wie eine Uebertragung unserer Anschauungsweise auf fremde Reiche hier zu verkehrten Folgerungen führt, zeigt z. B. die Behauptung, dafs Philipp V. in Spanien Stifter einer neuen Dynastie geworden sei, eine Behauptung, wodurch man seine Berechtigung zur Einführung einer neuen Thronfolge besser begründen wollte. Philipp V. stieg nicht als Bourbon, sondern als Descendent einer spanischen Infantin auf den Thron. Nur der Deutsche und der Franzose beginnt mit ihm eine neue Dynastie, nicht der Spanier, welcher in ihm nur den Spröfsling seines Königshauses, den Enkel der Infantin Maria Theresia sieht. Ebensowenig denkt jemand in England daran, dafs mit dem Ableben der jetzt regierenden Königin ein neues Haus den englischen Königsthron besteigen wird. In dem Prinzen von Wales vergifst der Engländer den Herzog von Sachsen.

So kann, staatsrechtlich genommen, auch in Portugal nur die mit der cognatischen Thronfolge nothwendig verbundene Auffassung entscheiden, welche in Dom Pedro V. den Spröfsling Affonso's I. des Eroberers und den ächten Sohn des Hauses Braganza sieht. Wir Deutschen aber begrüfsen freudig einen jungen Sachsenherzog auf dem alten Thron Dom Manuels des Grofsen.